हिन्द पॉकेट बुक्स

सुख की साधना

स्वेट मार्डेन प्रख्यात अमेरिकी लेखक थे। इन्होंने जीवन में सफलता प्राप्त कैसे करें इस बारे में कई किताबें लिखी हैं। इनका जन्म 11 जून 1848, को न्यू हैम्पशायर, संयुक्त राज्य अमेरिका में हुआ और मृत्यु 10 मार्च 1924, को लॉस एंजिल्स, कैलीफोर्निया में हुई। इनकी पुस्तकें सारी दुनिया में बेहद लोकप्रिय हैं।

सुख की साधना

प्रेरक साहित्य के विश्वविख्यात
लेखक की एक अनमोल पुस्तक

स्वेट मार्डेन

अनुवाद
कृष्ण विकल

हिन्द पॉकेट बुक्स
पेंगुइन रैंडम हाउस इम्प्रिंट

हिन्द पॉकेट बुक्स

यूएसए। कनाडा। यूके। आयरलैंड। ऑस्ट्रेलिया। सिंगापुर
न्यू ज़ीलैंड। भारत। दक्षिण अफ्रीका। चीन

हिन्द पॉकेट बुक्स, पेंगुइन रैंडम हाउस ग्रुप ऑफ़ कम्पनीज़ का हिस्सा है,
जिसका पता global.penguinrandomhouse.com पर मिलेगा

पेंगुइन रैंडम हाउस इंडिया प्रा. लि.,
चौथी मंजिल, कैपिटल टावर -1, एम जी रोड,
गुड़गांव 122 002, हरियाणा, भारत

पेंगुइन
रैंडम हाउस
इंडिया

प्रथम हिन्दी संस्करण हिन्द पॉकेट बुक्स द्वारा 1995 में प्रकाशित
यह हिन्दी संस्करण हिन्द पॉकेट बुक्स में पेंगुइन रैंडम हाउस द्वारा 2022 में प्रकाशित

10 9 8 7 6 5 4 3 2

इस पुस्तक में व्यक्त विचार लेखक के अपने हैं, जिनका यथासंभव तथ्यात्मक
सत्यापन किया गया है, और इस संबंध में प्रकाशक एवं सहयोगी
प्रकाशक किसी भी रूप में उत्तरदायी नहीं हैं।

ISBN 9789353494490

मुद्रकः रेप्रो इंडिया लिमिटेड

www.penguin.co.in

FSC www.fsc.org
MIX
Paper from responsible sources
FSC® C047271

This is a legitimate digitally printed version of the book and therefore might not
have certain extra finishing on the cover.

क्रम

1

हंसने का मूल्य

प्रसिद्ध अमरीकी धनी और क्रीड़ारसिक वांडरबिल्ट जब अपने जीवन में अंतिम बार इटली की पुरानी राजधानी कुस्तुनतुनिया घूमने के इरादे से गए तो संयोग से उन दिनों कॉकलिन नाम के जाने-माने फ्रेंच अभिनेता भी वहां आए हुए थे। वांडरबिल्ट ने उन्हें बासफोरस के रमणीक तट पर नौका-विहार के लिए आमंत्रित किया। कॉकलिन ने वांडरबिल्ट को रिझाने के लिए तीन मोनोलॉग प्रस्तुत किए।

कुछ दिनों बाद कॉकलिन को उक्त अमरीकी धनी की तरफ से एक पत्र मिला। लिखा था—"आपने हमारी आंखों को आंसुओं से तर और दिलों को बरबस हंसा-हंसाकर पुलकित कर दिया था। सभी दार्शनिक इस बात पर सहमत हैं कि हंसी रोने से श्रेष्ठतर है, इसलिए आपकी मेरी ओर इतनी राशि निकलती है:

1. छः बार रुलाने के लिए	:	600	डालर
2. बारह बार हंसाने के लिए	:	2400	डालर
	:	3000	डालर

"कृपया संलग्न चेक स्वीकार करें और प्राप्ति की सूचना दें।"

पिछली सदी के सुप्रसिद्ध फ्रेंच राजनीतिज्ञ टेलिरेंड ने एक बार कहा था, "मुझे निरर्थक वार्तालाप करने में ही विशेष आनंद मिलता है।" इस कहावत में एक उत्तम दर्शन निहित है, 'हंसिए और हुष्ट-पुष्ट बनिए'। अगर हर व्यक्ति को यह मालूम हो जाए कि हंसी स्वास्थ्य के लिए एक टॉनिक है और इसमें जीवनदायी शक्ति निहित है, तो अनेक वैद्य, हकीम और डाक्टर बेकार हो जाएं।

हमारी शक्ति का ह्रास न हो, इस महत्त्वपूर्ण आशय से ही हमें हंसने की शक्ति प्रदान की गई है। प्रकृति हमारे शरीर के भीतरी अवयवों का व्यायाम करने के लिए हंसी के साधन का प्रयोग करती है। साथ ही हमें इससे आनंद-लाभ भी होता है।

हंसी फेफड़ों और उदर को वक्षस्थल से अलगाने वाली पेशी में प्रारम्भ होती है। हंसी यकृत, आमाशय और शरीर के अन्य भीतरी अवयवों को तीव्रगति से हिलाकर रख देती है। यह आलोडन एवं मंथन चेतना को सुखानुभूति प्रदान करता है। व्यायाम तो खैर इससे हो ही जाता है। कहते हैं, घुड़सवारी से जितना आनंद-लाभ होता है, और जितना व्यायाम होता है, लगभग उतना ही हंसने से भी हो सकता है। पाचन-क्रिया के दौरान आमाशय की चेष्टा ठीक वैसी ही होती है, जैसे दही मथते समय दही की। जब आप भरपूर सांस लेते हैं या ठठाकर हंसते हैं, तब उदर को वक्षस्थल से अलगाने वाली पेशी नीचे को सरकती है और आमाशय पर अतिरिक्त दबाव डालती है तथा उसे झकझोरकर रख देती है। प्रायः हंसते रहने से आमाशय नृत्य-सा कर उठता है, जिससे पाचन-क्रिया में तेज़ी आ जाती है। इससे हृदय का स्पन्दन अपेक्षाकृत तीव्र हो उठता है और पूरे शरीर में रक्त-संचार तेज़ी से होने लगता है।

डाक्टर ग्रीन का कथन है,"मानव-शरीर की सूक्ष्मातिसूक्ष्म रक्त-शिराओं का कोई भी छोर या छोटे से छोटा अन्तर्द्वार ऐसा नहीं जिसे अट्टहास से उत्पन्न झकझोर और आलोडन की तरंग का बोध न हो। चिकित्सा-शास्त्र की भाषा में कहें, तो कहना होगा कि हंसी रक्त-संचार केन्द्रों को अनुप्रेरित करती है और इस हंसी से रक्त-शिराओं की जो ऐंठन-सिकुड़न होती है, उससे रक्त तीव्र वेग से प्रवाहित होने लगता है। हंसी सांस लेने की प्रक्रिया में गति लाती है तथा सम्पूर्ण शरीर-यन्त्र को ऊष्मा और कांति प्रदान करती है। यह नयनों की ज्योति बढ़ाती है। इससे पसीना अधिक मात्रा में आता है। यह छाती को चौड़ा करती है। यह कम प्रयोग में

आई विषाक्त वायु को फुफ्फुस कोषों से निकाल कर बाहर कर देती है और उसमें संतुलन को, जो शरीर के सभी क्रिया-व्यापारों के सम्यक् रूप से सम्पन्न होने के फलस्वरूप उत्पन्न होता है,स्थापित करने का प्रयास करती है। इसी को हम स्वास्थ्य कहते हैं। यह सुकुमार संतुलन, जो किसी निद्राविहीन रात्रि, किसी अशुभ समाचार एवं किसी दुःख-संताप अथवा चिंता के कारण बिगड़ सकता है, मात्र एक बार खूब जी खोलकर हंसने से प्रायः पूरी तरह पुनः स्थापित हो जाता है।

अतः प्रसन्नचित्तता वस्तुतः एक जीवन-शक्ति है। यह सच्चे अर्थों में हमारे भौतिक, मानसिक एवं नैतिक जीवन को गंभीरता से प्रभावित करती है।

हंसी द्वारा चिकित्सा

जिस चिकित्सा-पद्धति को 'हास्य-चिकित्सा' की संज्ञा दी जाती है,वह चिकित्सकों तथा चिकित्सा शास्त्रियों द्वारा मान्यता-प्राप्त हास-सम्बन्धी इन स्वस्थ सिद्धान्तों पर इतनी अवलम्बित है कि यहूदियों की यह कहावत कि "प्रसन्नता दवा की भांति असरदार है", आज अक्षरशः सत्य सिद्ध हो रही है।

डाक्टर वेंडेल होम्ज़ कहा करते थे, "प्रसन्नता ईश्वरी औषध है। प्रत्येक व्यक्ति को प्रसन्नता में सराबोर होना चाहिए। विकट व्यग्रता, चिड़चिड़ापन, चिन्ता आदि ज़िन्दगी को ज़ंग लगा देते हैं। इन्हें प्रसन्नता की स्निग्धता से, प्रसन्नता के तेल से लेपन करके उसमें नई चमक लानी चाहिए। एक अन्य प्रसंग में उन्होंने एक और मनोरंजक बात कही है, "यदि कभी आपको किसी डाक्टर का चुनाव करना हो तो निश्चित रूप से किसी हंसमुख और शांत प्रकृति के डाक्टर को ही चुनिए।"

क्या विनोदी और प्रसन्नचित्त चिकित्सक अपनी गोलियों की अपेक्षा अधिक प्रभावकारी और उपयोगी नहीं होता? डाक्टर हाल तो अनेक बार अपने रोगियों को प्रसन्नचित्तता का नुस्खा बताते हुए यह कहा करते थे— "प्रसन्नचित्तता किसी औषध-विक्रेता (कैमिस्ट) की दुकान पर उपलब्ध किसी भी दवा से अधिक लाभकर है।" वे रोगियों को इसे व्यवहार में लाने का परामर्श दिया करते थे।

पश्चिमी न्यूयार्क में डाक्टर बर्डिक 'हंसोड़ डाक्टर' के नाम से प्रसिद्ध थे। वे सदा खुशमिज़ाजी से पेश आते और उनकी मुख-मुद्रा से आनन्द फूटा पड़ता था।

विनोदी इतने कि बस पूछिए नहीं। उनका हंसी-मज़ाक इतना संक्रामक होता था कि उनसे मिलने-जुलने वाले उसके प्रभाव से अछूते नहीं रह पाते थे, और वे हंसी और उल्लास से ओत-प्रोत हो उठते थे। दवा तो वे कभी-कभार देते थे,तिस पर भी वे अत्यन्त सफल चिकित्सक थे।

लंदन से प्रकाशित होने वाली चिकित्सा-विज्ञान विषयक संसार की सर्वश्रेष्ठ पत्रिका 'लैन्सेट' (नश्तर) ने प्रसन्नचित्तता के महत्त्व के सम्बन्ध में विज्ञानसम्मत निम्न विचार प्रस्तुत किए हैं :

"प्रसन्नचित्तता की यह शक्ति रोगियों और दुर्बलों के लिए विचित्र जादू का काम करती है। रोगियों में यह फिर से प्राण फूंक देती है और दुर्बलों के लिए यह रोग का परिहार करके, अथवा रोग के बावजूद, जीवन की सम्भावनाओं में अभिवृद्धि करती है। अतः परिस्थितियों से ताल-मेल बिठाते हुए जैसा और जितना सम्भव हो, मनःस्थिति को परम प्रसन्नतापूर्ण एवं चरम आनन्दमय बनाने का यत्न करना चाहिए। वह शक्ति जो मानसिक गतिविधि का रूप धारण कर लेती है, शरीर-यंत्र के कार्य- व्यापार के लिए अत्यन्त आवश्यक है। अतः आनन्दमयी भावना न केवल पीड़ा से मुक्ति दिलाती है, बल्कि इसके साथ शरीर में प्राणतत्व को अधिक सबल भी बनाती है।"

'बटलर पागलखाना' के प्रबन्धकर्ता डाक्टर रे अपने एक समीक्षा-पत्र में कहते हैं, "मानसिक स्वास्थ्य के लिए तार्किक शक्ति के विकास की अपेक्षा हृदय से उठा हास अधिक वांछनीय है।"

दुःख,चिन्ता एवं भय मानव-जीवन के भीषण शत्रु हैं। वह व्यक्ति जिसकी आत्मा खिन्न, रुक्ष एवं चिन्ताकुल है, वह व्यक्ति जिसकी अपनी पवित्रता, अपनी सामर्थ्य तथा अपने उद्देश्य पर से विश्वास उठ गया है, और वह व्यक्ति जो सदा अपने स्वार्थ का ही रोना रोता रहता है तथा दैनंदिन बढ़ती हुई निरुद्देश्यता से ग्रस्त हो गया है—ये सब पंगु और अर्थहीन हो गए हैं। **हमें मन को निराशा से आच्छादित करने वाले प्रत्येक प्रभाव का विरोध उसी प्रकार करना चाहिए जैसे हम अपराध की प्रवृत्ति का करते हैं।** सिद्धान्त रूप में यह बात निःसन्देह सत्य है कि हमारे मन के पास, मानसिक स्वास्थ्य के द्वारा भौतिक जीवन की रक्षा और कायाकल्प करते हुए,शक्ति एवं सौन्दर्य की अवधि को

बढ़ाने की पर्याप्त क्षमता है।

अभी उस दिन मैंने एक निकटवर्ती नगर के एक आदमी का किस्सा पढ़ा, जिसे मरणासन समझकर उसके हाल पर छोड़ दिया गया। उसके सम्बन्धियों को बुला भेजा गया। वे आए और उसकी मृत्युशय्या के सिरहाने आकर बैठ गए। किन्तु एक परिचित वृद्ध महोदय उसका हाल-चाल लेने आए। उन्होंने उसे मुस्कराकर तसल्ली दी कि वह अभी भला-चंगा है और शीघ्र स्वस्थ हो जाएगा। वृद्ध महोदय ने यह बात कुछ ऐसे लहजे में कही कि रोगी को बरबस हंसी आ गई—और हंसने के इस उपक्रम से उसके शरीर-यंत्र में कुछ ऐसा परिवर्तन हुआ कि उसकी हालत संभल गई और वह थोड़ी ही देर में स्वस्थ हो गया।

क्या वह अंग्रेज़ी का महाकवि शेक्सपियर नहीं था जिसने कहा था कि प्रसन्नचित्त दीर्घजीवी होता है?

इसी प्रसंग में संयुक्त राज्य अमरीका के सुप्रसिद्ध महानगर सानफ्रांसिस्को से प्रकाशित एक प्रमुख पत्र एक दृष्टांत प्रस्तुत करता है। नगर में एक महिला हृदयवेधी शोक, नैराश्य, अपच, अनिद्रा रोग एवं उसके सजातीय रोगों से ग्रस्त थी। एक दिन उसने एकाएक संकल्प किया कि वह विषाद का आवरण उतार फेंकेगी,जो उसके जीवन को बोझिल बनाए दे रहा था। उसने निश्चय किया कि वह दिन में कम से कम तीन बार हंसेगी,चाहे हंसी का अवसर उपलब्ध हो, चाहे न हो। उसने स्वयं को इस सिलसिले में इतना सिद्धहस्त कर लिया कि तनिक-सा उकसाए जाने पर अथवा कोई मामूली-सा बहाना मिलने पर भी, वह जी खोलकर हंस पड़ती थी। हंसते-हंसते वह अपने निजी कमरे में घुस जाती तथा एकान्त में आकर अट्टहास करती,और आनंद मनाया करती। देखते ही देखते कुछ दिनों में उस महिला का स्वास्थ्य अच्छी स्थिति में आ गया और उसके चेहरे पर हंसी थिरकने लगी। उसका सूना घर सूर्य के समान आलोकमय, ऊष्मायुक्त तथा प्रसनतामय आवास में परिवर्तित हो गया।

उपर्युक्त महिला की एक घनिष्ठ सखी ने (जिसने एक लोकप्रिय पत्रिका को इस घटना का ब्योरा लिखा था) बताया है कि प्रारम्भ में तो उस महिला के पति और बच्चों के लिए उसका यह संकल्प मनोरंजन की सामग्री-भर रहा। उसकी शोकाकुलता देखते हुए उन्होंने उसके इस संकल्प का स्वागत तो किया, किन्तु इस

निश्चय के पीछे जो भावना छिपी थी, उसमें वे सम्मिलित नहीं हुए। इस प्रसंग में और अधिक जानकारी प्राप्त करने के लिए मैं उक्त महिला से कल ही तो मिला था। वार्तालाप के दौरान उसने मुस्कराकर मुझे बताया, "किन्तु मेरे इस संकल्प के उपरांत मेरे पति को मेरे इस काम का एक विनोदकारी और मनोरंजक पहलू सूझ पड़ा। वह यह कि जब-जब मेरे इस संकल्प की चर्चा होती,वे खिलखिला पड़ते। कार्यालय से जब वे घर आते तो झट मुझसे पूछते कि क्या मैं दैनिक कोटे का 'नियमित हास' हंस चुकी हूं। यह पूछते-पूछते वे हंस भी पड़ते और जब मैं इसका उत्तर दे रही होती, तब भी हंसते रहते। मेरे बच्चों को,जो उन दिनों छोटे ही थे, अपनी अम्मा की यह सूझ बड़ी अजीबोगरीब और निराली लगी, लेकिन वह भी पिता की देखा-देखी उस पर उसी प्रकार हंसा करते। धीरे-धीरे हुआ यह कि मेरे बच्चों ने यह बात पास-पड़ोस के अपने हमजोली बच्चों को जा बताई और हमजोलियों ने आगे अपने माता-पिता को। मेरे पति ने भी अपने-मेरे मित्रों से इस विषय में चर्चा कर दी थी। मतलब यह कि जब भी कभी उनमें से किसी सज्जन या महिला से मुलाकात होती तो ऐसा कम ही होता कि वे हंसे न हों और उन्होंने यह न पूछा हो—'सुनाइए, आज आप अपने कोटे के कितने अट्टहास पूरे कर चुकी हैं?' स्वाभाविक ही था कि जब वे यह पूछते, हंसी उनके अधरों पर नृत्य कर रही होती। निःसंदेह उनके ऐसा करने से मेरी भी हंसी बरबस छूट पड़ती। जब मैंने प्रकट रूप से विचित्र दीखने वाली यह आदत पाली थी तो मैं शोक-तले दबी पड़ी थी। बस,मेरी इस आदत ने शोक के उस भार से मेरा उद्धार कर दिया! मैं महाभयंकर अजीर्ण रोग से ग्रस्त थी। बरसों तक मैं यह न जान पाई कि आखिर यह बला है क्या? सिरदर्द तो रोज़मर्रा की मुसीबत था। और अब? सब छूमन्तर! गत छः वर्षों से मुझे एक बार भी तो सिरदर्द नहीं हुआ। अपना ही घर मुझे अब पहले की अपेक्षा कुछ बदला-बदला सा दीख पड़ता है। घर-गृहस्थी का कार्य तब की तुलना में अब मुझे हज़ारों गुना अधिक रुचिकर लगता है। मेरे पति की प्रकृति में भी पर्याप्त परिवर्तन हो गया है। मेरी बेटियों को 'हंसमुख लड़कियां' कहकर पुकारा जाता है। सार रूप में मैं यह कहूंगी कि मेरा यह नियम एक प्रेरणा सिद्ध हुआ है, जिसने चमत्कार कर दिखाया है।"

'फैशन' का, अर्थात् तथाकथित सभ्य समाज की चाल-ढाल का,यह तकाज़ा है कि हमें कभी ज़ोरों से और ठहाके लगाकर नहीं हंसना चाहिए, क्योंकि फैशन की यह अंधाधुंध प्रवृत्ति महिलाओं को तंग कंचुकियां पहनने में प्रवृत्त कर

उन्हें मारे डाल रही हैं ; वे अंगरागों,उबटनों और अन्य आधुनिक कृत्रिम सौन्दर्य-प्रसाधनों में लिप्त रहती हैं,तथा रात-रात-भर नृत्य-गोष्ठियों के निमित्त निवास से बाहर रहती हैं। और चीन में यह प्रवृत्ति कन्याओं और युवतियों के पैरों को कठौतों में जकड़-जकड़ कर पंगु बना डालती है। मेरा फैशन की प्रवृत्ति के इस दृष्टिकोण पर तनिक भी विश्वास नहीं। तो भी सभी देशों में सुसंस्कृत आचार-विचार का आधारभूत सिद्धान्त यह है कि असमय में न तो हंसा जाए; दूसरे, हंसी का स्वर अनुचित रूप से ऊंचा और बेहद छिछोरपन का द्योतक न हो। खैर, कोई भी विवेकशील व्यक्ति सदाचारी लोगों के शिष्टाचार के मूल्यमानों का कभी उल्लंघन नहीं करेगा।

स्वास्थ्य के एक प्रसिद्ध लेखक ने कहा है, "हमें मात्र प्रसन्नतामय एवं आशापूर्ण प्रवृत्ति बनाने से बढ़कर कुछ और अधिक करने की आवश्यकता है। **हमें ऐसी आह्लादपूर्ण प्रवृत्ति का विकास करना चाहिए, जिससे व्यक्ति न केवल सहज और सरल रूप से हंस या मुस्करा उठे, बल्कि मुक्त तथा आनंदपूर्ण हास्य में प्रवृत हो सके।** यदि हमारे समाज में इस गुण अथवा प्रवृत्ति को भली भांति नहीं समझा गया हो, तो भी हमें अपने अंदर इसका विकास करना चाहिए। हमें इस विषय में तो स्पष्ट रहना चाहिए कि उन्मुक्त एवं अंग-अंग को झकझोर देने वाली हंसी हमारे लिए बहुत उपयोगी है।"

सौम्य मुखमुद्रा व्यक्ति की विनोद की प्रवृत्ति पर निर्भर करती है। कहा भी तो है—"जिसका हृदय आनंद से भरा है, उसकी मुखाकृति प्रफुल्ल रहती है।" प्रसन्नचित्तता हृदय एवं मुखमुद्रा को जवान बनाए रखती है। उन्मुक्त हंसी हमें आन्तरिक संघर्ष और मानसिक द्वन्द्व से मुक्ति दिलाने में सहायक होती है तथा हमारे संपर्क में आने वाले प्रत्येक व्यक्ति से हमें मैत्रीपूर्ण व्यवहार करने की क्षमता प्रदान करती है। इसके साथ ही, जीवन में जो हमारी नियति में सबसे उत्कृष्ट और उज्ज्वल उपलब्धि है, उससे हार्दिक हंसी हमारा निकट संपर्क बनाए रखती है।

शरीरशास्त्र एक मनोरंजक तथ्य प्रस्तुत करता है—सहानुभूति के वाहक बड़े-बड़े ज्ञान-तंतु परस्पर घने रूप में संयुक्त होते हैं। जब एक तंतु-समूह मस्तिष्क की ओर कोई अशुभ समाचार ले जाता है तो आमाशय तक पहुंचने वाले ज्ञान-तंतुओं पर उसका दुष्प्रभाव पड़ता है जिससे अजीर्ण हो जाता है, तथा व्यक्ति की मुखाकृति विषादपूर्ण और उदास हो जाती है।

सस्ती दवा

जब भी आप हंस सकें, हंसिए। यह एक सस्ती दवा है।

प्रसन्नचित्तता एक दर्शन है, जिसे भली भांति समझा ही नहीं गया। प्रतिष्ठित शल्य-चिकित्सक चेवेस का कथन है कि हमें शैशव से ही बच्चों को प्रसन्नचित्त रहने की वृत्ति में प्रशिक्षित करना चाहिए। वे कहते हैं :

"अपने बच्चे को प्रसन्नचित्त रहने के लिए तथा ठहाका लगाकर हंसने के लिए प्रोत्साहित कीजिए। निष्कपट एवं हृदय से फूटी हंसी से वक्षस्थल विस्तृत होता है और रक्त बल्लियों उछल-उछल कर संचरित होने लगता है। उसे ऐसे अट्टहास के लिए प्रेरित कीजिए जो घर-भर को एक बार तो गुंजाकर रख दे—केवल दांत निपोरने का कोई लाभ नहीं। ज़ोरदार ठहाके लगाने की इस आदत से न केवल आपके बच्चों का हित होगा, बल्कि इन ठहाकों की आवाज़ सुनने वाले सभी लोगों को इससे लाभ पहुंचेगा। यदि आपके मन और मस्तिष्क में उदासी एवं खिन्नता घर कर गई हो तो उसे खदेड़कर बाहर निकालने का यह एक अच्छा उपाय है। प्रफुल्लता का आकर्षण बड़ा निराला होता है। प्रसन्नचित्तता की भावना देखते-देखते चारों ओर फैल जाती है। हंसी-मज़ाक एवं आमोद-प्रमोद की छूत से बहुत कम लोग बच पाते हैं। किसी को हंसता हुआ या प्रमुदित देख, जी बरबस नाच उठता है। निश्छल हंसी में एक पुलकित करने वाली लय होती है। वस्तुतः यह संगीत के सभी प्रकारों में से सर्वोत्तम है।"

एक ख्यातनामा लेखक ने कहा है, "जो बच्चे प्रफुल्ल-हृदय नहीं रहते,वे कभी महान व्यक्ति नहीं बन पाएंगे,या कभी कोई महान कार्य नहीं कर पाएंगे। जिन वृक्षों पर बहार नहीं आती,उन पर कभी फल नहीं लगते।"

ह्यू फलैण्ड उस प्राचीन प्रथा की प्रशंसा करते हैं जिसके अन्तर्गत राजदरबार में विदूषकों और ठिठोलियों का अपना स्थान था और उनकी फबतियों तथा वक्रोक्तियों से राजदरबार गुंजायमान रहता था।

क्या लाइकरगस ने भी प्राचीन स्पार्टा नगर के उन विशाल कमरों में, जिनमें दस्तरखान बिछता था और भोज किए जाते थे, 'हंसी के देवता' की प्रस्तर-मूर्तियां

स्थापित नहीं करवाई थीं? भोजन करते समय हंसी के समान कोई चटनी नहीं, मदाग्नि की तो यह जानी दुश्मन है।

छिद्रान्वेषक चैम्फर्ट ने भी क्या खूब विवेकपूर्ण बात कही है कि जिस दिन हम हंसे नहीं, वह दिन एक प्रकार से बेकार हुआ ही समझिए। बदतर से बदतर ढंग से गंवाए गए दिनों में से भी उसे ज्यादा बदतर जानिए।

प्रसिद्ध इतिहासकार ह्यूम जब अनुसंधान कर रहे थे, तब उन्हें इंगलैण्ड के भूतपूर्व राजा एडवर्ड द्वितीय के हस्तलिखित सरकारी कागज़-पत्रों में एक स्थान पर खर्च की एक मद यह भी लिखी मिली — "राजा को हंसाने के लिए व्यय हुआ : एक क्राउन।" इससे हंसी के मूल्य एवं महत्त्व का आभास मिलता है।

महान कवि ड्राइडन कहा करते थे, "किसी न किसी प्रकार से हंसी के लिए अवसर जुटा लेना एक बहुत बड़ा गुण है। यदि एक तिनके में किसी आदमी को गुदगुदाने की सामर्थ्य है तो वही तिनका सुख का साधन है।"

लारेंस स्टर्न नामक एक महान अंग्रेज़ दिल्लगीबाज़ कहा करते थे, "प्रसन्नचित्तता के द्वारा अस्वस्थता से उत्पन्न आधि-व्याधियों तथा अन्य काया-कष्टों से अपनी सुरक्षा के निमित्त सतत प्रयासशील रहता हूं। मेरे अनुभव ने मुझे यह सिखाया है कि जब-जब आदमी मुस्कराता है, उसके जीवन में अभिवृद्धि होती है और उसकी उम्र बढ़ जाती है, और जब-जब वह हंसता है तब का तो कहना ही क्या! मुस्कराहट की अपेक्षा हंसी जीवन के लिए और भी कल्याणकारी है।"

सर वाल्टर स्कॉट प्रायः मिलने-जुलने वालों से यह आग्रह करते थे, "महोदय, एक बार ईमानदारी से हंसिए तो सही!" वे स्वयं भी संसार के सबसे अधिक प्रसन्न व्यक्तियों में से एक थे। वे अपने संपर्क में आने वाले प्रत्येक व्यक्ति का मोदपूर्ण मुस्कराहट के साथ अभिनंदन करते। इसीलिए सभी तरह के लोग उन्हें चाहते थे।

इंगलैण्ड के विश्वविख्यात इतिहासकार और आलोचक कार्लाइल ने एक बार कहा था, "अहा! हंसी में कितनी अथाह संपदा छिपी पड़ी है! हंसी गूढ़ लेख की यह एक ऐसी टीका है जिसकी सहायता से हम आदमी की प्रकृति को पूरा-पूरा पढ़ सकते हैं। कुछ लोग सदा-सर्वदा नीरस एवं कृत्रिम हंसी का मुखौटा ओढ़े रहते

हैं। कुछ लोगों की मुस्कान में बर्फ की सी उदास और ठंडी चमक रहती है। बहुत ही कम लोग ऐसे मिलेंगे जो यह जानते हैं कि सही माने में हंसी किसे कहते हैं, और वे वैसी हंसी हंसते भी हैं। अधिकतर लोग हंसने के नाम पर दांत-भर निपोर देते हैं, या नकिया-सा लेते हैं, या इतने दबे-दबे और बेमन-सा हंसते हैं कि गले से बाहर तक भी आवाज़ नहीं फूटती। कुछ ज्यादा ज़ोर मारेंगे तो फुफकार-भर करके तथा रूखा-सा ठहाका लगाकर रह जाएंगे, मानो मुंह में कुछ ठूंसे हुए हंस रहे हों। ऐसी कोई भी हंसी किसी काम की नहीं। इससे कोई लाभ नहीं होने का।"

कैम्पबेल मॉर्गन का कहना है–"हंसने की क्षमता तथा काम करते-करते बीच में रुककर उछल-कूद मचाने और जीवन की कशमकश को सर्वथा भुलाकर आनन्द मनाने की प्रवृत्ति मानव के लिए एक दैवी वरदान है।"

अतः वही व्यक्ति सुखी है जो एकांत में अपने सौभाग्य पर हंस सकता है ; और आपकी आयु क्या है?—इस शाश्वत प्रश्न का उत्तर वैसे ही दे सकता है जैसे कि कभी सैम्बो ने दिया था :

"महाशय, यदि आपका अभिप्राय वर्षों के लेखे-जोखे से है तो मेरी आयु 25 वर्ष है, परन्तु यदि आप उस आनन्द को आंकना चाहते हैं, जिसका उपभोग मैंने इस अवधि में किया है, तो उसके हिसाब से मेरा अनुमान है कि मेरी आयु एक सौ वर्ष है।"

2

आशा बनाम निराशा

संयुक्त राज्य अमरीका के दौरे के दौरान, राजकुमार वोल्कोन्स्की ने यह मन्तव्य प्रकट किया, "अमरीकी जीवन का अथ और इति बस वाणिज्यव्यापार है। प्रसन्नता, आनंद और संतोष के लिए इसमें कोई स्थान नहीं। आर्थिक लाभ के अतिरिक्त यहां महानता का अन्य कोई माप-दंड नहीं। संसार में अन्य कोई ऐसा देश नहीं जहां अमरीका की भांति व्यक्ति का मूल्य अथवा महत्त्व डालरों में आंका जाता है। अन्य देशों में लोग जीवन का आनंद भोगने के लिए जीते हैं, जबकि यहां लोगों का अस्तित्व मात्र व्यापार एवं उद्योग-धंधों के लिए है।" बोस्टन के एक व्यापारी ने इस मत की पुष्टि की। उसका कथन था कि वह दिन-भर तो धनोपार्जन की चिन्ता में व्यस्त रहता है, और रात-भर उसे यही भय सताता रहता है कि उपार्जित धन कहीं उसके हाथ से जाता न रहे।

एक प्रतिष्ठित पर्यटक ने एक बार कहा था, "अमरीका में सर्वत्र सुख-सुविधा तो उपलब्ध है, किन्तु आनंद एवं उल्लास नाम को भी नहीं। अधिक से अधिक धनोपलब्धि की महत्त्वाकांक्षा में अथवा आर्थिक हानि पर उद्विग्न और उत्तेजित होने में ही वहां जीवन निकल जाता है।"

एक फ्रांसीसी महिला जब न्यूयार्क पहुंची, तो उसने अमरीकी लोगों के विषय

में छूटते ही यह टिप्पणी की, "जिस व्यक्ति को भी मिलो, उसे देखकर यूं लगता है कि वह घर से कोई नई मुसीबत मोल लेने के लिए बाहर निकला है, जबकि पहले से ही वह कई मुश्किलों में फंसा हुआ है।"

इस विषय में एक अन्य प्रत्यक्षदर्शी की राय इस प्रकार है, "अमरीका के निवासियों को संसार के अन्य देशों के नागरिकों की तुलना में सर्वोत्कृष्ट भोजन, सर्वोत्तम वस्त्र तथा निवास के लिए सर्वोत्तम आवास उपलब्ध हैं, परन्तु जगत् में यदि कोई सबसे अधिक चिन्ताग्रस्त लोग हैं, तो वे अमरीकी ही हैं। वे संकट की संभावनाओं को ही सदा छाती से लगाए रहते हैं।"

दूर की बात छोड़िए, स्वयं अमरीका के महानतम मनीषी एवं दार्शनिक इमर्सन ने यह कहा है,"मैं पूछता हूं कि क्या दुनिया के किसी अन्य राष्ट्र अथवा जाति के लोगों के मस्तक और मुख-मुद्रा पर चिन्ता अथवा संदेह की ऐसी स्पष्ट छाप पड़ी है,जैसी हमारे यहां दिखाई पड़ती है? बुढापा तो हमारे यहां बचपन से ही शुरू हो जाता है।"

हम लोग कितनी तेज़ी के साथ ज़िन्दगी को थका डालते हैं, उसकी शक्ति को चुका डालते हैं! कितनी छटपटाहट और हड़बड़ाहट के जनून में हर काम करने की कोशिश करते हैं! जिसको भी मिलिए, यह लगता है कि उसने किसीको समय दे रखा है और उसमें लेट हो रहा है। रुका नहीं कि देर हुई नहीं। हमारे स्वभाव तथा प्रकृति में ही जैसे हड़बड़ी रच-बस गई है,मानो वह राष्ट्र की आत्मा में ही घर कर गई है। हम बड़े कर्मठ लोग हैं। हम समय की रफ्तार के साथ साथ तेज़ी से बढ़ते चले जा रहे हैं। हम औद्योगिक यंत्रों की कार्य-क्षमता में गति की पराकाष्ठा को छूने में सदा प्रयत्नशील रहते हैं। झुकी कमर, असमय सफेद हो गए बाल,व्यग्रता और असंतोष आज के इस ज़माने में हम लोगों की विशेषता हैं। माना कि हम अपनी रोटी सुविधा से कमा लेते हैं, किन्तु उसे पचा तो नहीं पाते। हमारे स्नायु एवं ज्ञान-तन्तु इतने अधिक उत्तेजित हो जाते हैं कि हम तनाव और कुढ़न से ग्रस्त हो जाते हैं। इसका परिणाम क्या होता है?—मात्र चिड़चिड़ापन। यह चिड़चिड़ापन उद्योग-धंधे में कितना घातक और समाज में कितना हानिकर तथा कष्टकर सिद्ध होता है, यह कोई कहने की बात नहीं।

बीचर का मत है,"कार्य आदमी को नहीं मारता,मारती है चिन्ता। कार्य तो

उल्टा स्वास्थ्यकर होता है। आप बहुधा किसी आदमी से उसकी सामर्थ्य से अधिक काम नहीं ले सकते, इसलिए काम का असर प्रायः बुरा नहीं पड़ सकता। परन्तु चिन्ता वह जंग है,जो कार्य-क्षमता की धार को कुन्द कर देता है। यंत्रों के चलने से उनमें दोष नहीं आता,बल्कि रुकी पड़ी मशीनरी खराब होती रहती है।"

बड़े-बड़े दुःख, बड़े-बड़े उत्तरदायित्व और बोझ, बड़ी-बड़ी कठिनाइयां तथा बड़े-बड़े संकट जीवन के प्रखर सूर्य को इतना मेघाच्छादित नहीं करते, जितना कि छोटे-मोटे क्लेश, क्षुद्र चिन्ताएं एवं भय तथा दिन में कई बार मर-मरकर जीने और आशा-निराशा की भंवर में डूबने-उतराने की मनः स्थिति। ये हमारे जीवन को दुःखमय एवं असह्य बना देते हैं,तथा हमारी मानसिक कोमलता को नष्टप्राय कर देते हैं,क्योंकि ये आधि-व्याधियां हमारे लक्ष्य की ओर अग्रसर होने में बाधक हैं। इसलिए हमारा जीवन जहां का तहां खड़ा रहता है, उसमें तिल-भर भी प्रगति नहीं होती। किसी महामना ने कहा भी है, "चिन्ता ने कब किसी खाई को पाटा है।"

'ईवनिंग पोस्ट' नामक पत्र के संवाददाता से एक भेंट में डा. जार्ज जैकोबी ने यह विचार अभिव्यक्त किया था, "चिन्ता करने का अंततः शरीर पर क्या प्रभाव पड़ता है? क्यों? गोली लगने से अथवा तलवार घोंपने से हुए घातक घाव शरीर पर जो प्रभाव डालते हैं,चिन्ता का प्रभाव भी बस वैसा ही है। यह तो तय है कि चिन्ता हमारे प्राण ही ले लेती है। यह और बात है कि चिन्ता हमें घुला-घुलाकर मारती है—उसकी प्राणलेवा प्रक्रिया इतनी तेज़ नहीं होती,जितनी कि कटार ओर बन्दूक की होती है। गत शताब्दी में जितने लोग मात्र चिन्ता के कारण काल-कवलित हुए हैं, उतने युद्धों और महायुद्धों में काम नहीं आए।

मस्तिष्क-रोग के प्रमुख विशेषज्ञ डा. जैकाबी का कथन है, "स्नायु-रोग विशेषज्ञों द्वारा गत कुछ वर्षों में किए गए अनुसंधानों से प्रकृति के जिन रहस्यों का उद्घाटन हुआ है, उनमें से कोई भी इतना चौंका देने वाला और विचित्र नहीं है, जितना यह तथ्य कि चिन्ता प्राणघातक है।" चिन्ता के विषय में यह एक आधिकारिक एवं आधुनिकतम तथ्य है, "अब मात्र यही बात ज्ञात नहीं कि चिन्ता मृत्युकारक है, बल्कि चिन्ता की विनाशकारी विधियों तथा रीतियों का सूक्ष्मतम विवरण भी आधुनिक वैज्ञानिकों की जानकारी में हैं।" जिन लोगों ने मस्तिष्करोग-विज्ञान का विशेष अध्ययन किया है,उन सबका यह विश्वास है कि हर साल सैकड़ों मौतें, जिनका

कारण अन्य रोग-व्याधियों को ठहराया जाता है, केवल चिन्ता-रोग के कारण ही हुआ करती हैं। सरल और स्पष्ट रूप से तथा सीधे-सादे शब्दों में कहा जाए तो यों कहना होगा कि **चिन्ता मस्तिष्क-यंत्र के कुछ विशिष्ट कोषों को आक्रान्त करके मानव-शरीर पर घातक और मर्मभेदी आघात करती है।** मस्तिष्क-यंत्र अथवा शरीर-संरचना पर चिन्ता के छल-कपटयुक्त आक्रमणों या आघातों की उपमा जल-बूंदों के निरन्तर एक ही स्थान पर टपकते रहने की क्रिया से दी जा सकती है। **बूंदों की एक ही स्थान पर सतत टप्-टप् से जैसे उस स्थान पर छेद या चिह्न पड़ जाता है, ठीक उसी प्रकार चिन्ता मस्तिष्क-व्युह को छेनी की तरह छील डालती है।** कोई ऐकान्तिक विचार,जो कभी भूलने का नाम नहीं लेता और निरन्तर मस्तिष्क को सालता रहता है,जो अड़ियल टट्टू की भांति एक ही विषय पर अड़ा रहता है और टस से मस नहीं होता, यदि मस्तिष्क पर काफी अरसे तक हावी रहे,तो वह मस्तिष्क-कोषों का सत्यानाश कर डालता है। वैसे, स्वस्थ मस्तिष्क में कभी-कभार आ धर दबाने वाली चिंता से निपट सकने की सामर्थ्य होती है,किन्तु उन विचारों का,जो बार-बार मन-मस्तिष्क को घेर लेते हैं और उन्हें झंझोड़ते रहते हैं एवं व्याकुल व अशान्त किए रहते हैं, सामना मस्तिष्क-कोष सफलतापूर्वक नहीं कर पाते।

"चिंता का यांत्रिक प्रभाव काफी हद तक वैसा ही है जैसे खोपड़ी को नंगा करके उस पर छोटी-सी हथौड़ी से लगातार चोट की जाती रहे और हथौड़ी इतने दिनों तक व इतनी देर तक चलती रहे कि आखिर झिल्ली व खाल फट जाए, भेजे का कचूमर निकल जाए तथा इस प्रकार मस्तिष्क-यंत्र के सामान्य कार्य-व्यापार की इतिश्री हो जाए। वह उन्मत्त कर देने वाला विचार जो मस्तिष्क से निकलने का नाम ही नहीं लेता, वह कल्पना जो भूत-प्रेत की भांति पीछा ही नहीं छोड़ती और मन-मस्तिष्क में हमेशा बनी रहती है तथा जिसका इच्छा-शक्ति के परम उद्योग के बावजूद बहिष्कार नहीं किया जा सकता, सैद्धांतिक रूप से हथौड़ी ही है,जो संवेदनशील स्नायु-रचना की प्राण-शक्ति का और स्नायुओं की उस सूक्ष्मता का जिसके कारण उन्हें किसी शक्तिशाली सूक्ष्मदर्शक की सहायता के बिना देख पाना संभव नहीं, ह्रास करता है। **ऐसा कोई विचार, ऐसी कोई कल्पना तथा ऐसी कोई चिंता पल-पल व तिल-तिल करके मस्तिष्क में पलती और बढ़ती चली जाती है, कि आखिर तिल का ताड़ बन जाता है। यहां तक कि चिंता-रोग में ग्रस्त व्यक्ति उसे मन व मस्तिष्क से बाहर निकाल फेंक सकने में असमर्थ हो जाता है। इस प्रकार से, मस्तिष्क-कोषों अथवा स्नायुओं का कोई एक समूह या क्षेत्र बेकार हो**

जाता है। मस्तिष्क-कोषों का प्रत्येक समूह सूक्ष्म तंतुओं द्वारा परस्पर घनिष्ठ रूप से संबद्ध रहता है। इसके अतिरिक्त प्रत्येक मस्तिष्क-कोष-क्षेत्र या ज्ञान-तंतु-समूह मस्तिष्क के अन्य भागों के ज्ञान-तंतु-समूहों के निकट संपर्क में रहता है। अतः किसी एक ज्ञान-तंतु-समूह के बेकार होने से सारा मस्तिष्क प्रभावित होता है।

"चिंता झक्क और सनक का ही एक प्रकार है। व्यक्तिगत सफलता, व्यक्तिगत प्रसन्नता और संसार में व्यक्तिगत उपयोगिता के लिए चिंता से और उसकी जुड़वां बहन निराशा से बढ़कर घातक तथा संकटपूर्ण और कोई मनोवृत्ति नहीं है। **चिंतारूपी अभिशाप से मुक्ति पाने का उपाय यही है कि इच्छाशक्ति को इतना सबल और समर्थ बनाया जाए, जिससे वह चिंताओं को मार भगाने में स्वयं सफल हो जाए।** प्रकृति जब आपको मानसिक थकान और बौद्धिक ग्लानि के रूप में चेतावनी दे तो, आपको चाहिए कि आप अपना व्यवसाय बदल डालें। इससे आपकी चिंताएं कम होने की संभावना है। विश्राम चिंता का एक विशेष शत्रु है, अतः चिंता से पार पाने के लिए वांछित विश्राम कीजिए। 'कुढ़ते मत रहिए।' यह एक बहुत स्वस्थ सूत्र वाक्य है।"

चिंता में लगातार घुल-घुल कर जीने का अर्थ है—समय की गति से पिछड़ जाना। चिंता करना उतना ही हास्यास्पद है, जितना कि आज के इस गतियुग में विद्युत-उत्पादक यंत्रों की बजाय, जो उत्पन्न ऊर्जा के लगभग 90 प्रतिशत अंश को उपयोग कर पाने में सक्षम है,उन आरम्भावस्था के भाप के इंजनों को जिनमें कोयले की 90 प्रतिशत ऊर्जा व्यर्थ चली जाती थी, प्रयोग में लाना। कुछ लोग अपनी शक्ति का बड़ा भाग उद्विग्नता,संताप,व्यर्थ की चिंता, अन्य लोगों की निंदा एवं मौसम की तथा जड़-पदार्थों की प्रतिकूलता की शिकायत करने में गंवा देते हैं। कुछ अन्य लोग करीब-करीब अपनी सारी की सारी ऊर्जा को कार्य-क्षमता एवं नैतिक तेज में परिणत कर लेते हैं। जो व्यक्ति जीने की सच्ची कला में निष्णात हो गया है, वह अपनी शक्तियों को घिसकर व्यर्थ नहीं खोता, क्योंकि वह जानता है कि इनसे कुछ बनता-बनाता तो है नहीं, उल्टे ये जीवन-यंत्र को घिस-घिसकर उसका सत्यानाश कर देती हैं।

चिंताग्रस्त महिला

एक उद्विग्न पुरुष अथवा एक चिंता ग्रस्त महिला—इन दोनों में से किसकी स्थिति

बदतर है, इस बात का निश्चय करने के लिए, इसे निर्णय के लिए वाद-विवादगोष्ठियों को सौंप देना चाहिए।

एक महिला सुबह-सुबह कहने लगी, "मैं आज बहुत चिंतित हूं।" सुनने वाले ने पूछा, "बात क्या है?" महिला ने उत्तर दिया, "क्या कहा, कि ऐसा क्यों?—कल रात मैंने किसी विषय में सोचा था कि अब उसकी चिंता करूंगी, किन्तु अब वह बात याद ही नहीं आ रही है।"

एक अभिनेत्री ने एक बार कहा था, "चिंता सौन्दर्य की शत्रु है।" वह इस बात को ऐसे भी कह सकती थी,"चिन्ता स्वास्थ्य की शत्रु है।"

एक महिला,जो कई बच्चों की मां थी,बोली,"यदि मैं अपने बच्चों के बारे में चिंता न करूं, तो मुझे लगता है कि यह बड़ी निर्ममता है।"

महिलाओं के विषय में एक मनोरंजक बात कही जाती है कि वे जिस प्रकार अपने बच्चे को पालती हैं, उसी प्रकार अपनी परेशानियां भी पालती हैं। लेडी हॉलैंड का यह कहना है, "पालने-पोसने से परेशानियां और बढ़ जाती हैं।"

लोक-कथा के उस 'श्वेत शूरवीर' की बात तो आपने सुनी ही होगी,जो इस भय से कि कहीं यात्रा के दौरान में उसे चूहे परेशान न करने लगें, अपने साथ चूहों को फांसने का पिंजरा लिए फिरता था। वह भी उन्हीं लोगों के समान था, जो संभावित संकटों के भय से ही मर जाते हैं।

सेनेका की एक प्रसिद्ध उक्ति है, "जो व्यक्ति आवश्यकता से पूर्व ही शोक मनाने लगता है, उसे आवश्यकता से अधिक ही शोक मनाना पड़ता है।"

मरते समय एक पिता अपने पुत्र-पुत्रियों से कहने लगा, "मेरे बच्चो, मैंने अपने लम्बे जीवन के दौरान ऐसे अनगिनत संकट झेले हैं, जिनमें से अधिकांश कभी मुझ पर आए ही नहीं।" फिलाडल्फिया के एक प्रसिद्ध व्यापारी ने बताया है,"मेरे पिताजी लगातार 25 बरस तक एक ऐसी दुर्भाग्यपूर्ण घटना के घटने की संभावना में चिंतित रहे,जो कभी घटी ही नहीं।"

बात यह है कि हम एक ही बार में सारी जिंदगी जी लेना चाहते हैं, और चाहते

हैं कि जो होना हो, अभी हो जाए। इसका कारण यह है कि हम ज़िन्दगी को समग्र रूप से ग्रहण करते हैं और एक समय में,एक ही दिन जीकर संतोष नहीं करते। **हमें चाहिए कि आज हम 'आज' ही जिएं। ये 'आज' ही तो इस संपूर्ण जीवन के पूरक है।** जिस प्रकार पच्चीकारी की जाती है, जीवन भी ठीक उसी भांति जिया जाना चाहिए। पच्चीकारी के काम में प्रत्येक छोटे से छोटे टुकड़े को बड़े हुनर से तराशा जाता है और बड़ी होशियारी व कारीगरी से जड़ा जाता है—किंतु क्रम से; पहले एक टुकड़ा,तब दूसरा।अतः हमें भी जीवन की पच्चीकारी में प्रत्येक दिन को एक-एक करके ही जड़ना चाहिए।

वह घड़ी किसी काम की न रह जाएगी जो इसका लेखा-जोखा करने लगे कि अगले एक साल में उसे कितने घंटे,या कितने मिनट,या कितने सेकंड बजाने पड़ेंगे, और समय की इन इकाइयों की,जो उसने दर्शानी हैं, इतनी भारी संख्या को देखकर हतोत्साह हो जाए तथा हाथ पर हाथ रखकर,या यों कहें कि सुई पर सुई रखकर, बैठ जाए, जैसाकि जेन टेलर की परी-कथा की घड़ी ने किया था। **आज के कष्ट और क्लेश हमें उतनी हानि नहीं पहुंचाते जितनी कि वे आशंकाएं जिनके विषय में हमें खाहमखाह मिथ्या भय बना रहता है** कि वे कल या अगले सप्ताह या अगले वर्ष हमें आ घेरेंगे। इन्हीं संभावित संकटों एवं दुर्घटनाओं की आशंका व भय के कारण हमारे बाल सफेद पड़ जाते हैं, हमारे चेहरों पर झुर्रियां पड़ जाती हैं और यहां तक कि हमें कभी-कभी प्राणों तक से हाथ धोना पड़ जाता है।

चचा ईबन कहा करते थे,"ज़रूरत से ज्यादा दूरदर्शिता भी खतरनाक होती है। ज़रूरत से ज्यादा दूरदर्शी लोगों को यही गम खाए जाता है कि खुदा जाने, अगले से अगले साल क्या होगा। आगे चलकर न जाने क्या हो, इसी भय और चिंता में वे इतने लीन हो जाते हैं कि 'आज' और 'अब' की उन्हें सुध तक नहीं रहती। उनकी मनोदशा ठीक उस आदमी की सी होती है,जो अंगीठी के पास बैठकर यह आशंका करने लगे कि 'कहीं मैं ठंड से ठिठुरकर मर न जाऊं' और इसी ऊहापोह में इतना खो जाए कि उसे इस बात का ध्यान ही न रहे कि अंगीठी कब बुझ गई तथा इसके फलस्वरूप वह वहीं का वहीं बैठा ठंड से ठिठुरकर मर जाए।"

ऐसा बहुत कम देखने में आता है कि कहीं वर्तमान पीड़ा या काम के

फलस्वरूप किसी को कोई स्नायविक आघात पहुंचा हो, और उसे मानसिक निराशा या उदासीनता का शिकार होना पड़ा हो। प्रायः किसी आशंकित अथवा संभावित संकट के भय के कारण ही ऐसा होता है। मानसिक थकान के शिकार वही लोग होते हैं जो बहुत आगे की बात सोचने लगते हैं। पहाड़ के पास पहुंचने से पहले ही वे मानो पहाड़ पर चढ़ने की चेष्टा करते हैं! **अतः आपको चाहिए कि आप 'आज' के इर्दगिर्द निश्चयपूर्वक किलेबंदी करके और आज के इस किले की सीमाओं के अंदर ही रहते हुए, जिंदगी बिताएं। सारांश यह कि आज केवल 'आज' की ही चिंता कीजिए**। हो सकता है कि आपने अपने गत जीवन में खूब कष्ट झेले हों, उदासीनता एवं निराशा के अभिशाप के अतिरिक्त आपने कुछ न पाया हो, और जहां देखो, वहीं आपको बुराई मिली हो, तथा ज़माने ने आप पर खूब जुल्म ढाया हो—लेकिन जो गुज़र गया, सो गुज़र गया। बीती ताहि बिसार के 'आज' और 'अब' की सुधि लीजिए।

आप अपनी मनोवृत्ति को एकदम बदल क्यों नहीं डालते? उस दुर्भाग्य अथवा दुर्घटना के विषय में जिसे किसीने नहीं देखा,खाहमखाह सोच-सोचकर अपने को घुलाने की बजाय अपनी आने वाली ज़िन्दगी में मिलने वाली खुशियों, सफलताओं और वरदानों की, जो न जाने कब आपको सुखी और समृद्ध कर दें, कल्पना करके आप आनंदित एवं हर्षित होने का पूरे आत्मबल से उद्योग कीजिए। महान दार्शनिक इमर्सन का कथन है, "विषादग्रस्त व असन्तुष्ट लोग जिन भयंकर काल-कोठरियों तथा भयावह गुफाओं-कन्दराओं की नित नई दुष्कल्पनाएं करते रहते हैं, उनकी अपेक्षा जितने भी हवाई किले कल्पना द्वारा कहीं भी और कभी भी खड़े किए गए, मेरे विचार में वे कहीं अधिक सुखकर और उपयोगी सिद्ध हुए है।"

यह दुनिया क्या है?—मात्र वही जैसा आप इसे देखते हैं, जैसा आप इसे समझते हैं और जैसा आप इसे ग्रहण करते हैं। थैकरे महोदय दुनिया की उपमा एक दर्पण से देते हैं, जो प्रत्येक व्यक्ति को उसका स्वयं का प्रतिबिम्ब ही प्रदान करता है। वे कहते हैं, "दुनिया को त्योरी चढ़ाकर देखिए तो यह भी आपको आंखें तरेरकर ही देखेगी और इस पर हंसिए तो यह भी आपका एक सुखदायी साथी सिद्ध होगी।"

एक महिला अपने घर आई एक सखी से बतियाते हुए बोली, "आस-

पड़ोसियों के विषय में तो बात करना ही बेकार है। जब भी कभी उनसे मिलने निकलती हूं, तो मन में संकल्प करती हूं कि बस आज जा रही हूं सो जा रही हूं, फिर कभी नहीं जाऊंगी। न जाने कैसे-कैसे पड़ोसी मिले हैं मुझ अभागिन को! लगता है, जैसे वे बद से बदतर हुए जा रहे हैं।" सखी व्यंग्यपूर्वक बोली, "जब तुम पड़ोसियों से मिलने-जुलने निकलती हो, तो शायद तुम्हारे साथ तुम्हारा सब से दुष्ट पड़ोसी भी होता है!" सखी के इस कथन में यह भाव निहित था कि 'इसमें दोष पड़ोसियों का नहीं, तुम्हारा है। जब तुम उनसे मिलती हो, तो तुम्हारी मुख-मुद्रा में मुस्कान मिलनसारिता एंव सहृदयता का अभाव रहता है, यही तुम्हारे व्यक्तित्व का सब से बड़ा शत्रु है।"

इसी प्रसंग में, एक स्वतंत्रता-दिवस की बात याद आती है। एक संवाददाता एक किस्सा सुनाते हैं,जो कुछ इस प्रकार है, "उस दिन अकस्मात् झंझा व झक्खड़ ने आक्रमण बोल दिया था। ज़ोरों से पानी पड़ने लगा था। ऐसे में मुझे दो ऐसी महिलाओं को देखने का संयोग हुआ जिनकी मनोवृत्तियों में इतना अधिक अन्तर, इतनी अधिक विषमता थी कि मुझे इस पर काफी आश्चर्य हुआ। हुआ यह कि दोनों को इस असमय के, अप्रत्याशित रूप से खराब मौसम की वजह से काफी परेशानी उठानी पड़ी थी। उनमें से एक किसी राही सज्जन के, हवा के ज़ोर से हिलते-जुलते छाते के कभी मिलने,कभी न मिलने वाले आश्रय-तले आंधी-पानी और ओलों से बचती-बचाती हुई रेलवे स्टेशन पर शरण लेने आ पहुंची थी। उसका स्कर्ट घुटनों-घुटनों तक पानी से भीग गया था। केशों में बंधे गुलाबी रिबन भी मुसमुसाकर श्लथ पड़ गए थे। उसके हैट में खुंसे बैंगनी फूलों का रंग रिस-रिसकर उसके धवल रेशमी परिधान पर से धारियों के रूप में बह रहा था। किन्तु इस पर भी खूबी की बात यह थी कि इस स्थिति में भी वह चहक-चहककर और हंस-मुस्कराकर बतिया रही थी तथा वातावरण में आनन्द और उल्लास बिखेर रही थी। हालांकि वह किसी गरीब परिवार की लड़की ही जान पड़ती थी,तो भी उसकी वेश-भूषा तुलना की दृष्टि से काफी आकर्षक थी। अब लगे हाथ ज़रा दूसरी महिला का भी हाल सुन लीजिए। यद्यपि वह आंधी-पानी की मार से परे एक सुरक्षित स्थान पर विराजमान थी, परन्तु वह अभी तक इसी बात का रोना रोए जा रही थी कि 'मैं जाने कैसे-कैसे अरमान लेकर तथा कैसी-कैसी उम्मीदें बांध कर घर से छुट्टी मनाने निकली थी,पर इस निगोड़ी वर्षा ने सब किए-कराए पर पानी ही फेर दिया।' वह काफी खिन्न व विषादग्रस्त थी। जहां वह बैठी थी, उसके निकट ही एक खिड़की चू रही थी और उसमें से वर्षा

की हल्की-सी बौछार व बूंदा-बांदी आने की संभावना थी। वह उस बौछार के डर के मारे ही मरी जा रही थी कि कहीं पानी रिस-रिसाकर उस तक आ गया,तो हाय राम,क्या होगा! वह रेलवे स्टेशन के प्रबन्धकों पर झुंझला रही थी तथा उनकी मीन-मेख निकालकर उनके बखिये उधेड़ रही थी।"

संसार में दो प्रकार के लोग हैं। एक तो हर चीज़ का या हर बात का सदा अच्छा, आशाजनक, उज्ज्वल या हर बात का सदा अच्छा और आनन्दकारी पहलू ही देखते हैं ; जबकि दूसरी प्रकार के अन्तर्गत वे लोग आते हैं जिन्हें हर बात का हमेशा बुरा, निराशामय, अंधकारपूर्ण व विषादमय पक्ष ही नज़र आता है। हम यहां इन दोनों प्रकार की मनोवृत्ति के लोगों का स्पष्ट रूप से दिग्दर्शन कराने के लिए एक दृष्टांत प्रस्तुत करेंगे, जिसमें दो नन्ही बालिकाओं के ग्रीष्म ऋतु के विषय में विचार अलग-अलग प्रकट किए गए हैं :

कह रही है चीख कर कुमारी पीड़ा
स्वर कर चिड़चिड़ा–
ऋतु घाम की मुझको तनिक नहीं भाती!
धूप से बदरंग हो रहा है बदन!
इसमें झुलसी जा रही है नाक–
पैरों में पड़ रहे छाले!
जहां भी जाओ–ले जाओ पंखा हवा करने को।
उंह, ऋतु घाम की नामुराद!

कह रही है चहक कर कुमारी मुस्कान
काश! कर पाती
अरे, आनन्द का आधा बखान!
जो दे रही है मुझे
ग्रीष्म की धूपीली दुपहर।
घंटों मैं करती हूं सानन्द गायन इसमें।
बगिया में फूलों का भी करती जाती चयन
औ' घास के ढेर पर करती हूं सवारी टिक्-टिक्!

खैर, यह प्रसन्नता की बात है कि गृहस्वामियों अथवा गृहस्वामिनियों की

चिन्ता का वह ज़माना, वह दौर अब काफी अरसे से लद चुका है, और आज के इस नये युग में मकानों की सफाई के नये-नये साधन एवं सुविधापूर्ण उपकरण उपलब्ध हैं। सदा चिंतित, उद्विग्न तथा उत्तेजित रहने वाले गृहस्वामियों को—जिन्हें उन्मत्त-सा होकर मकान के कमरे-कमरे, कोने-कोने और हर ओर-छोर की सफाई करने एवं धूल-धब्बा हटाने,कमरतोड़ ढंग से झाड़ू लगाने तथा कमरों की वस्तुओं व मेज़-कुर्सियों की सफाई करते समय जो भी आड़े आ जाए, तैश-ताव और बेसब्री से इधर-उधर खींचने, ढकेलने अथवा यहां की चीज़ वहां, और वहां की चीज़ यहां रखने एवं हड़बड़ाहट तथा छटपटाहट में ज़ीने पर पटापट ऊपर चढ़ने तथा मकान के तहखाने की ओर जाते समय खटाखट नीचे उतरने का व्यसन या, यूं कहिए कि, रोग है—उन्हें यह चाहिए कि वे आधुनिक युग की सफाई व स्वच्छता-सम्बन्धी उपलब्धियों तथा उपकरणों का उपयोग करें। पेंटिस मल्फोर्ड महोदय कहते हैं, "बहुत-से लोग,जो चालीसवां बरस पार करते न करते सठिया व बुढ़िया जाते हैं,उसका कारण घोर मेहनत-मशक्कत करने के फलस्वरूप उत्पन्न हुई थकान नहीं है और न श्रम करते-करते शक्ति का चुक जाना ही है,बल्कि उसका कारण तो वह मनः स्थिति है जिसका वे शिकार हैं, जिसमें वे ग्रस्त हैं। ऐसे लोगों को चाहिए कि वे इस निराशापूर्ण तथा विषादमय मनोवृत्ति का परिहार करें और उससे मुक्ति पाएं। इस सिलसिले में वे हवाई द्वीप के लोगों, विशेषकर महिलाओं तथा युवतियों के जीवन-दर्शन से प्रेरणा ग्रहण कर सकते हैं, जिसका बखान हम यहां करने जा रहे हैं।

हवाई द्वीप का स्वर्ग

एक समाचारपत्र के एनी लॉरी नामक एक संवाददाता स्वर्गिक छटा तथा सौन्दर्य से सम्पन्न इस द्वीप में निवास करने वाली युवतियों का विस्तार से वर्णन करते हुए बताते हैं :

"इस द्वीप की युवतियों की देह-यष्टि तीर की तरह सीधी व सुतवां होती हैं। वे ऐसे चलती हैं,मानो परी कथाओं में वर्णित कोई रानी चल रही हो। उनकी केश-राशि इतनी सघन,लम्बी, चमकीली,कोमल और कजरारी होती है कि क्या कहने! आंखें देखो तो भूरी-भूरी,जिनमें सुकुमारता तथा मृदुता अठखेलियां करती रहती हैं। उनकी दन्त-पंक्ति की धवलता देखते ही बनती है। तैराकी में वे पारंगत होती

हैं, घुड़सवारी में निपुण और गाने-बजाने में भी अत्यन्त प्रवीण। इन युवतियों के शरीर की त्वचा भूरी होती है, जो कांसे की नाईं दिप-दिप करती व झलक मारती है। ...यहां ढूंढ़े से भी कोई महिला ऐसी न मिलेगी जिसे कोई चिन्ता सालती रहती हो। वहां की महिलाओं को चिन्ता करने का अवकाश ही नहीं मिलता—उन्हें चिन्ता करना ही नहीं आता। वे नहीं जानती कि चिन्ता किस चिड़िया का नाम है। वे खाती-पीती हैं और हंसती-गाती हैं। बस,इस हंसने-गाने और खाने-पीने में वे इतनी खोकर रह जाती हैं कि उन्हें यह तक नहीं जान पड़ता कि सूरज कब उगा और चांद कब चढ़ा। वे मात्र देखती हैं—सूरज का डूबना और चांद का ढलना। इस प्रकार उनका बाहर-भीतर आह्लादमय शान्ति से ओत-प्रोत रहता है।

"यदि किसी ऐसी महिला को मधुर एवं स्वादिष्ट खाना उपलब्ध होता है तो वह खुशी से चहक उठती है और अपनी सखी-सहेलियों को भी न्यौता दे डालती है और उनके बीच आनन्द से खाती है। यदि वह अच्छे व पर्याप्त भोजन नहीं जुटा पाती, तो उसे जैसा भी और जितना भी मिलता है, उसी में सन्तोष कर लेती है,और अपने इस अभाव पर हंस देती है तथा आधे पेट सोने चली जाती है—और यों वह अपनी भूख को भुला देती है। हमारे यहां की तरह उसे यह चिन्ता करने की ज़रूरत नहीं कि आज उसके यहां चूल्हा नहीं चढ़ेगा या दूधिया दूध नहीं दे जाएगा, तो इस पर निचले फ्लैट वाले या अड़ोसी-पड़ोसी क्या-क्या सोचेंगे। जब भी ऐसी महिला कुछ पैसे कमा लेती है तो वह पवित्र 'मां हब्बर्ड' की नई और उम्दा मूर्ति खरीद डालती है। अगर दुर्भाग्यवश वह मूर्ति खरीदने के लिए पैसा नहीं जुटा पाती,तो वह मां की पुरानी मूर्ति को ही धोने के पाउडर में डालकर धो डालती है और उसे साफ व स्वच्छ कर लेती है। तब वह अपने केशों में ताज़े फूलों का नया गजरा खोंसती है। इसके बाद वह प्रातःकालीन मन्द-मन्द समीर का आनन्द-लाभ करने निकल पड़ती है।

ये महिलाएं कोई भी काम यत्नपूर्वक नहीं करतीं। उन्होंने कभी सपनों में भी यह कल्पना नहीं की होगी कि इस जगत् के परिष्कार व सुधार के लिए उन्हें इस धरती पर भेजा गया है। वे तो बस अपने में ही मस्त हैं, और अलमस्ती व अल्हड़ता से जीती हैं। वे सागर की चमकती बैंजनी तरंगों द्वारा धवल-धौत तथा चमचमाती बालू के विस्तृत प्रदेशों में कूदती-फांदती फिरती हैं। जब छोटे-छोटे भूरे रंग के बच्चे सागर-फेन में लुढ़कते-पुढ़कते डोलते हैं,एवं कलाबाज़ियां लगाते फिरते हैं तो उनकी भूरी-भूरी-सी माताएं उनके पीछे-पीछे हंस-हंसकर दुहरी होती हुई तथा

बच्चों की टोली की भांति गुल-गपाड़ा मचाती हुई और पानी के साथ खेलती एवं छीटे उड़ाती हुई भागती फिरती हैं। या फिर वे खच्चरों पर, जिनकै गले में हार पड़े होते हैं,सवार माधवी, गुलाब एवं अन्य सुगंधित पुष्पों से गुंथी मालाओं व गजरों से अलंकृत होकर आनन्द मनाती हुई दल के दल के रूप में मिलेंगी। इस द्वीप के स्वर्गिक संसार में हंसी सदा खिलखिलाती रहती है। यहां ज़िन्दगी ज़िन्दादिली का नाम है, जहां के लोग अत्यन्त मौजी और आनन्दी हैं, और जहां वातावरण में धीमे-धीमे संगीत का सा समा बंधा रहता है, बच्चों को पालने-पोसने एवं बड़ों-बूढ़ों की सेवा करने के सिवा तथा सागर में तैरने और बालू से भरे मैदानों में घुड़सवारी करने के अलावा और कोई काम नहीं होता। उस द्वीप में जीवन को और सुखद बनाने के लिए किसी 'सुधार मंडल' की स्थापना करने की न तो कोई गुंजाइश ही है और न कोई सम्भावना ही। क्योंकि वहां न तो कोई जेल है, न कोई गन्दी और तंग बस्ती, जिसके मकान स्वास्थ्य के लिए घातक हों; और न ही वहां आपको कोई भिखारी भीख मांगता मिलेगा।आप शायद यह जानकर चौंक जाएं कि उस द्वीप के सबसे बड़े नगर होनोलूलू तक में महिलाओं का एक भी क्लब नहीं है—हां-हां, एक भी नहीं। एक बार वहां किसी ने एक सांस्कृतिक मण्डल की स्थापना की भी,जो कुछ ही दिनों में ठप्प हो गया। बोस्टन की एक महिला ने उसकी स्थापना की थी,जो स्वास्थ्य-लाभ के लिए द्वीप में आई थी। लेकिन 'मण्डल' की गोष्ठियों में भाग लेने कोई नहीं आया, क्योंकि जब अपराह्न में गोष्ठी का समय होता था, उस समय लोगों को नींद की एक-आध झपकी लेने की आदत थी। अतः लोगों ने गोष्ठी में आने के बजाय नींद व विश्राम को ही चुना।

अब आगे जब कभी आप किसी चिन्ताग्रस्त महिला की पेचीदा स्थिति के बारे में विचार करें तो उस द्वीप की इन बहनों के जीवन-दर्शन से अवश्य प्रेरणा लें। यदि आप इन महिलाओं की तुलना में अपने देश में प्रति व्यक्ति की चिन्ता की औसत मात्रा पर विचार करें तो आपको अत्यन्त आश्चर्य होगा।

मौसम से शिकायत

शायद यह कहना गलत न होगा कि जो लोग खेती-बाड़ी करते हैं, उनमें से एक-तिहाई पुरुष और महिलाएं—हमेशा मौसम की ही शिकायत करते मिलते हैं। कोई दिन कितना ही सुन्दर और सुहावना क्यों न हो,लेकिन वे उसका आनन्द उठाते हुए

भी मौसम का रोना रोते मिलते हैं, और छूटते ही कहते हैं, "देखिए न, आज मौसम बहुत खराब है!"

कुछ लोगों को तो जैसे अपनी इस-उस परेशानी या दिक्कत की शिकायत करने की आदत ही हो जाती है। उन्हें औरों की अपेक्षा अपने कष्ट तथा क्लेश अधिक भयावह लगते हैं। उन्हें चहुं ओर संकट ही संकट नज़र आते हैं। उन्हें यही गिला रहता है कि पड़ोसियों की अपेक्षा उनकी हालत कहीं खराब है, और उनके पड़ोसी उनसे हजार गुना मौज-मज़े में हैं। जहां तक मौसम का सवाल है, वह तो उन्हें रास ही नहीं आता। अपने यहां के जलवायु से कभी उनका तालमेल ही नहीं बैठता, और वह उनके लिए सदा कष्टप्रद ही रहता है। हवा तेज़ है तो उनकी मुश्किल, और हवा मंद है तो उनकी मुसीबत। कुछ गरमी पड़ेगी तो कहेंगे कि "गरमी के मारे तो जान सांसत में पड़ गई है। ऐसी गरमी पड़ती न कभी देखी, न सुनी। फसल का तो वह सत्यानाश करके रख देगी!" कुछ सरदी पड़ी नहीं कि वे बौखला उठेंगे, "ठंड ने तो हद कर दी है! पाला तो जैसे शरीर में धंसा चला जा रहा है! खुदा खैर करे, न जाने फसल की क्या दुर्दशा हो!" बारिश पड़ेगी तो वे कह रहे होंगे, "यह बारिश तो कहर बरपा कर रही है! नीली छतरी वाले ने जैसे सारा पानी इस बार ही बरसाने की ठान ली है। फसल तो तबाह होके रह जाएगी!" ज़रा कहीं सूखा पड़ा, तो भी हाय-हाय मचा देंगे और आसमान सिर पर उठा लेंगे। किसी सड़क या रास्ते के बारे में उनकी राय या तो यह होगी कि "उस सड़क पर तो कीचड़ ही कीचड़ है, पैर तक रखने के लिए कहीं जगह नहीं," या फिर यह, "भई,उस रास्ते पर तो इतनी रेत और धूल है कि मेरा तो चलते-चलते नाक में दम आ गया था।"

डाक्टर टॉड इसी प्रसंग में एक मनोरंजक किस्सा सुनाते हैं—"बरसात की झड़ी वाली एक सुबह को मुझे एक सज्जन से मिलने का संयोग हुआ। मेरी प्रकृति ऐसी है कि जहां तक सम्भव हो, मैं हर मौसम में प्रफुल्लित रहता हूं। मेरी निगाह सदा आह्लादमय व सकारात्मक पक्ष पर जाती है। खैर, उनको अभिवादन करने के पश्चात् मैंने उनसे कहा, 'गेहूं, जौ तथा धान आदि की फसल के लिए तो यह बारिश बड़ी लाभदायक सिद्ध होगी।'

"उत्तर में वे बोले,'हां, हो सकता है; लेकिन मक्के की फसल के लिए यह बडी हानिकर है। मेरे ख्याल में इस बार पहले की अपेक्षा मक्के की फसल आधी भी नहीं होगी।'

"इसके कुछ दिनों बाद वे मुझे फिर कहीं मिल गए। उस दिन काफी धूप पड़ रही थी। मैं बोला, 'भाई साहब,मक्के की फसल के लिए तो यह धूप वरदान है!'

"वे कहने लगे, 'हां–किन्तु राई की फसल के लिए यह बहुत खतरनाक है। राई को तो ठंडा मौसम ही रास आता है।'

"कुछ समय के उपरांत हम एक दिन सुबह-सुबह फिर मिले। उस दिन काफी ठंड पड़ रही थी। मैं बोला, 'क्यों, आज का दिन तो राई के लिए ज़ोरदार है?'

"लेकिन वे तो हमेशा मौसम की शिकायत करने की अपनी आदत से मजबूर थे। मौसम को कोसने से कहां बाज़ आने वाले थे! फरमाने लगे, 'हां, हां,आपका कहना ठीक है, लेकिन गेहूं, जौ, धान तथा मक्के के लिए तो इससे खराब मौसम कोई हो ही नहीं सकता। इन फसलों के फलने-फूलने के लिए तो गरमी चाहिए, गरमी!' "

इस दुनिया में आपको ऐसे अनगिनत झक्की, अधीर, उद्विग्न तथा गिलाशिकवा करने वाले मिल जाएंगे जो नई-नई आफतों,असफलताओं एवं निराशाओं की आशंका में ही अपने प्राण सुखा रहे होते हैं ; या फिर वे अपनी बीती मुसीबतों, दुःखों तथा कष्टों का ही पुराण बांच-बांचकर लोगों के सामने उनका ढिंढोरा पीट रहे होते हैं। शायद ऐसे लोगों का यह ख्याल होता है कि खुदा ने आफत ढोने के लिए उन्हीं को चुना है। उनकी ज़िन्दगी निराशा तथा आशंका में डूबती-उतराती रहती है।

स्पर्जियन महोदय कहा करते थे, "अधीर तथा असंतुष्ट लोग अपने दुःख एवं कष्ट को स्वयं सींचते हैं, और अपनी सुख-सुविधा की जड़ें भी स्वयं ही खोदते हैं।"

एक किसान का ठेला आलूओं से लदा खडा था। यह आलू इस बार की फसल में पैदा हुआ था। इतने में किसान का एक पड़ोसी उधर से गुज़रा और किसान को संबोधित करते हुए बोला, "क्यों, पिछले अगस्त की याद है न,जब हमने फसल के हाल-चाल के बारे में बातचीत की थी?"

किसान बोला, "हां, हां, मुझे कुछ-कुछ याद आ रहा है।"

पड़ोसी कहने लगा, "तब तुम कह रहे थे कि इस बार मक्के की फसल प्रचंड गर्मी के कारण झुलसकर तबाह हो गई है।"

किसान ने उत्तर दिया, "हां, ऐसा मैंने कहा था।"

पड़ोसी फिर बोला, "तुमने यह भी तो कहा था कि आलू ज़मीन के ज़मीन में ही जल-भुनकर खाक हो रहे हैं।"

किसान ने कहा, "हां, हां, यह बात भी मैंने कही थी।"

वह पड़ोसी किसान का पीछा छोड़ने का नाम ही न ले रहा था। उसने फिर पूछा, "और तुमने यह भी बताया था कि इस बार ज़िले-भर में शायद पहले की अपेक्षा फसल आधी भी न होगी।"

किसान थोड़ा खीझकर बोला, "हां, हां, भई, मुझे यह भी याद है।"

पड़ोसी अभी तक भूमिका ही बांध रहा था। आखिर उसने कह ही तो दिया, "खैर, अब कहो कि क्या हाल है? तुम्हारा ठेला तो आलुओं से ठसाठस भरा नज़र आ रहा है। तो मियां, तुम्हारा अंदाज़ा आखिर गलत ही निकला न! तुम्हारे ख्याल से फसल का जो हाल होना चाहिए था, वैसी कोई बात तो मेरे देखने में आ नहीं रही। क्यों, है न यही बात?"

किसान अपना सिर खुजाते हुए दुविधा के से स्वर में कहने लगा, "अरे भई,नहीं,नहीं...लेकिन सुनो तो,मैं तुम्हें सच बताऊं कि इस बार की इस सख्त गर्मी के कारण मेरी बतखों को तैरने तथा क्रीड़ा करने के लिए कोई छोटा-मोटा पोखरा तक नहीं मिला। इससे वे बेचारी तड़प-तड़पकर रह गईं। यहां तक कि उनमें से बहुत-सी तो करीब-करीब मर ही गईं।"

निराशावादी व्यक्ति से अभिप्राय क्या है?—**उसी व्यक्ति को निराशावादी कहेंगे जिसे हर चीज़ का निराशाजनक अथवा अंधकारपूर्ण पहलू ही देखने की आदत हो।** उदाहरणार्थ हम उस व्यक्ति को निराशावादी कहेंगे जो सूरज के विषय में कहने लगे कि "यह परछाइयां बनाता है।"

पेपिस की 'दैनिकी' को पढ़कर हमें यह पता चलता है कि 'आंखों को बंद तथा कानों को खुला' रखने वाले लोगों अथवा 'कानों को बंद तथा आंखों को खुला' रखने वाले लोगों में परस्पर अंतर क्या है। उक्त दैनिकी में इस संबंध में एक दृष्टांत आया है। एक बार एक अंधा और एक बहरा एक साथ लम्बी यात्ना पर निकले। अंधा आदमी देख नहीं सकता था,पर सुन सकता था। उसने लोगों को अफवाहें फैलाते हुए सुना कि सारे देश पर कोई दैवी प्रकोप टूट पड़ने वाला है और सारा का सारा देश मलियामेट हो जाने वाला है। वह आतुर हो उठा। अब बहरे की सुनिए। उसे सुनाई तो कुछ देता न था कि वह लोगों की झूठी-सच्ची बातें सुनता, पर उसकी आंखें खुली थी और उसने देखा, उसके चारों ओर अपार धन-सम्पदा एवं सौन्दर्य-सुषमा बिखरी पड़ी है, और वह यह देखकर आनन्दविभोर हो उठा।

जॉन वेसली कहा करते थे, "चिंता और निराशा से मैं उसी प्रकार बचता हूं, जैसे दूसरों को कोसने अथवा उनसे गाली-गलौज करने, या झूठी कसमें खाने से।"

इसी प्रसंग में एक अन्य उक्ति प्रसिद्ध है, "जैसे कर्कश स्वर को संगीत की संज्ञा नहीं दी जा सकती, ठीक उसी प्रकार असंतुष्ट मनुष्य को भी मनुष्य नहीं कहा जा सकता।"

क्यों, आपने कभी सोचा है कि हमारे समाज के लिए कौन-से लोग घातक है,कौन-से लोग उसकी प्रगति एवं विकास में बाधक हैं,तथा कौन-से लोग उसके हितों के लिए 'अभिशाप' सिद्ध होते हैं? **ऐसे लोगों के अन्तर्गत वे लोग आते हैं जो हरदम किसी न किसी आफत के या संकट के आने की ही भविष्यवाणी करते रहते हैं, आशादीप को बुझाने में ही शायद जिन्हें आनन्द मिलता है, और जो हर वस्तु का बुरा, निराशापूर्ण और अंधियारा पक्ष ही देखते हैं।** ऐसे लोगों के तो दर्शनमात्न से ही मानो कंपकंपी छूट जाती है और दांत बजने लगते हैं। इन लोगों में बहुधा वे तथाकथित सयाने लोग ही आते हैं जिनका यह सवाल है कि जीवन में आनन्द का उपभोग करना पाप है। एक प्राचीन धर्मोपदेशक ने ऐसे लोगों के प्रसंग में कहा है—ये ऐसे लोग हैं, जो हमें बलात् स्वर्ग की ओर घसीट ले चलने की चेष्टा करते हैं, और रास्ते-भर कोंचते रहते हैं। इस प्रकृति के लोग हिम्मत पस्त कर देने वाली व आशा को मारने वाली बातें किया करते हैं, अथवा ऐसे कार्य करते

हैं जो अन्य लोगों का उत्साह भंग करें। वे प्रार्थना सभाओं एवं ईश-स्तुति के समय अपनी बातों के ठंडेपन से लोगों को कंपा डालते हैं। वे दया-दान पर चलने वाली संस्थाओं को अनुत्साहित करते हैं। वे वाणिज्य-व्यापार को हानि पहुंचाते हैं,और मन्दिरों,मस्जिदों एवं गिरिजाघरों को मटियामेट करने पर उतारू होते हैं। वे अपने चहुं ओर प्रकाश बिखेरने की अपेक्षा दीप बुझा कर अन्धकार फैलाने की फिराक में ही रहते हैं।

प्रसन्नता से शून्य व्यक्ति कमानी-रहित छकड़े के समान है, जिसमें बैठी सवारी को कदम-कदम पर धक्के और झटके खाने पड़ते हैं। जिस व्यक्ति के हृदय में प्रसन्नता निवास करती है वह उस कमानी-युक्त गाड़ी की तरह है जिसमें सवार व्यक्ति को ऊबड़-खाबड़ से ऊबड़-खाबड़ मार्ग पर भी ज़रा सा हिचकोला या झटका नहीं लगता, उलटा झूला झूलने सरीखा आनन्द प्राप्त होता है।

हंसमुख व्यक्ति के सम्मुख,जो दृढ़ एवं स्थिर बना रहता है तथा कभी हिम्मत नहीं हारता, विघ्न-बाधाएं मोम हो जाती हैं। इसके विपरीत,सदा दुर्भाग्य का ही दखड़ा रोते रहने वाले व्यक्ति के समक्ष, जो क्षितिज में अदृश्य मेघों को ही ताका करता है अर्थात् जो इस प्रतीक्षा में रहता है कि कभी न कभी तो भाग्य मुझ पर भी मुस्कराएगा,संकटों तथा बाधाओं के बादल घिरते चले जाते हैं और बुरी तरह परेशान करते हैं।

जर्मनी के विश्वविख्यात दार्शनिक शॉपेन हावर का कथन है, "जहां एक व्यक्ति की दृष्टि में संसार इतना व्यर्थ,नीरस,उदासीपूर्ण तथा छिछला है,वहीं दूसरे के लिए वह सुख-सुविधा एवं आनन्द से सम्पन्न,रुचिकर एवं सारयुक्त है।" यदि कोई व्यक्ति सौन्दर्यप्रेमी है तथा सौन्दर्य निरखने का प्रयास करता है, तो वह जहां भी जाएगा अथवा जिस भी स्थिति में होगा, उसे निःसन्देह सौन्दर्य के दर्शन होंगे। यदि उसकी आत्मा संगीत से ओत-प्रोत है, तो उसे हर कहीं संगीत सुनाई देगा। प्रकृति का प्रत्येक पदार्थ उसे गाता और नाचता दिखाई पड़ेगा। एक ही मकान में रह रहे और एक ही प्रकार का कार्य कर रहे दो व्यक्तियों का, दुनिया के विषय में दृष्टिकोण एक न हो तो आश्चर्य नहीं। यद्यपि दोनों जने एक ही छत के नीचे रह रहे हैं,किन्तु हो सकता है कि एक को कुरूपता ही कुरूपता और भोंड़ापन ही भोंड़ापन नज़र आए। उसकी निगाह में दुनिया में अव्यवस्था एवं विश्रृंखलता के

अतिरिक्त कुछ नहीं होगा। दुनिया की हर चीज़ उसे गलत ही गलत, अनुचित एवं विषमतापूर्ण लगेगी। दुनिया का हर पदार्थ और हर प्राणी उसे अस्वस्थ, दुखी तथा उच्छृंखल लगेगा। इसके विपरीत उसके दूसरे साथी को संसार सौन्दर्य, शान्ति एवं एकरूपता से ओत-प्रोत दिखेगा। अपने चहुं ओर उसे आनन्द एवं सुन्दरता ही बिखरी मिलेगी। उसके ख्याल में हर व्यक्ति उसके प्रति दयालु होगा और उसका शुभाकांक्षी होगा। वह सोचेगा कि कोई भी व्यक्ति उसका अहित, उसका बुरा नहीं चाहता। उपर्युक्त दोनों व्यक्ति निरीक्षण तो एक-से ही पदार्थों, एक-सी ही वस्तुओं और एक-से ही व्यक्तियों का करते हैं, किन्तु उनकी आंखों पर चश्मे अलग-अलग प्रकार के चढ़े होते हैं। एक की ऐनक के शीशे इतने धूमिल होते हैं कि वे सारे संसार को शोक से अभिभूत और दुःख के आवृत्त ही दिखाते हैं,जबकि दूसरा रंगीन चश्मे से, जिसके शीशे गुलाबी होते हैं,दुनिया को निहारता है; और उसे दुनिया रंगीन ही रंगीन नज़र आती है। दुनिया की हर शै उसे प्यारी और खूबसूरत लगती है। उसकी ऐनक के गुलाबी शीशे उसकी दुनिया को गुलाबी बना देते हैं।

लम्बी छुट्टी पर अभी-अभी घर आए भिन्न मनोवृत्तियों के दो व्यक्तियों का उदाहरण लीजिए। एक घर वालों को बताएगा, "कुछ भी तो नहीं देखा मैंने इस बीच। कोई चीज़ देखने का मौका ही कहां मिला! परदेश की क्या बताऊं,सारे ठग के ठग भरे पड़े हैं। जो देखो, वही ठगने पर उतारू! मेस की बावर्चिन! वह भी पूरी राक्षसी! हमेशा ऊधम मचाए ही रहती है–यह करो, वह न करो। सोने का कमरा है, सो अलग बीमारी का घर। उसमें सोते-सोते मेरा नाकों दम आ गया। खाना मिलता है तो वह भी बेस्वाद और अधपका-अधकचरा। मांस तो कच्चा रह जाता है। दांत मारो तो दांत नदारद।" इसके विपरीत, दूसरा उत्साहपूर्वक घर वालों को बताएगा, "मेस बड़ा आरामदेह और सस्ता है। स्वास्थ्य के विचार से बहुत बढ़िया है। साफ-सुथरा इतना कि क्या बताऊं! बावर्चिन बड़ी हंसमुख, विनम्र और दया पूर्ण है। मैं वहां के प्रमुख व्यक्तियों से मिल चुका हूं, जिनके विचार अत्यन्त उत्कृष्ट एवं महान हैं। उन विचारों से मैं बहुत प्रभावित हुआ हूं। और खाने-पीने की तो इतनी मौज है कि पूछो मत! बहुत बढ़िया भोजन मिलता है।"

आशावादी किसे कहते हैं

एक किसान के लड़के ने अपने अनपढ़ पिता से पूछा—"पिताजी, आशावादी किसे कहते हैं?"

पिता ने पुत्र से कहा,"सुनो बेटे, तुम यह तो जानते ही हो कि मैं अनपढ़ हूं। काला अक्षर मेरे लिए भैंस बराबर है। जिस प्रकार मैं अन्य बड़े-बड़े कठिन शब्दों के शब्दकोश में दिए अर्थ नहीं बता सकता, उसी प्रकार मैं 'आशावादी' का भी वैसा अर्थ बताने में असमर्थ हूं; लेकिन इसका क्या मतलब होना चाहिए, इसके विषय में मेरा एक तरह का अनुमान कह लो या अटकल कह हो, वह यों है। तुम्हें तो शायद अपने ताया अमर की याद नहीं होगी ; लेकिन मेरे ख्याल में, अगर आजकल दुनिया में कुछ आशावादी व्यक्ति हुए हैं, तो तुम्हारा ताया अमर भी उनमें से एक था। कोई भी चीज़ आड़े नहीं आती थी। वह हर चीज़ से अपना ताल-मेल बैठा लेता था। खास तौर पर, कोई भी मुश्किल काम उसके लिए कतई मुश्किल न था। उसके हाथ में आकर वह सुन्दर व सरल हो जाता था। उसके हाथ में आने के बाद कठिनाई मानो उड़नछू हो जाती थी। मुश्किल काम उसके लिए विनोद होता था। वह उसे मनोरंजन समझकर और मनोरंजन के ढंग से ही करता था। हर काम-चाहे वह मुश्किल हो, चाहे आसान–उसके लिए आनन्दकारी था।

"अब ज़रा मक्का के गोड़ाई के काम की ही बात लो। कड़कती धूप में मक्का की गोड़ाई करने की बात सुनकर ही मेरी नानी मरती थी। मैंने कभी किसी काम से जी चुराया है, तो बस इसी गोड़ाई ही से। लेकिन खेत में जब अमर मेरे संग होता था, तो बात ही दूसरी हो जाती थी। जब वह देखता कि मैं गोड़ाई में कुछ पिछड़ गया हूं, तो वह पौधों की अगली कतारों की ओर इशारा करते हुए कहता :

"भैया रे, क्या कहना है तुम्हारा और तुम्हारी फुर्ती का! जब हम अगली दो पांतों की, और इनसे अगली अठारह की, गोड़ाई कर चुकेंगे, तो आधी क्यारी का काम बस निबटा समझो!' और वह यह बात कुछ ऐसे उत्साहपूर्ण लहजे में कहता कि मैं उसकी इस बात पर रीझ उठता मानो सारी क्यारी का काम उसके ऐसा कह देने मात्र से ही समाप्त हो गया होगा बस, फिर क्या था! बाकी का काम मेरे लिए इतना आसान और हलका हो जाता कि क्या कहूं। बिना खीझ व झुंझलाहट के मैं उसका

साथ देता और हाथ का काम निबटा लेता।

"लेकिन खेत में से ढेले और पत्थर बीन-बीनकर बाहर फेंकने का काम तो गोड़ाई के काम से कहीं मुश्किल था, और खेत के कामों में सब से नीरस व अरुचिपूर्ण था। गोड़ाई करना तो इसके सामने बच्चों का खेल मात्र था। जब हमें खेत में कोई फसल उगानी होती,तो कंकर बीनते-बीनते जान आफत में आ जाती। हमारे पुराने फार्म पर ढेलों-कंकरों की भी कोई गिनती ही न थी। कंकर बीनने का काम कभी खत्म होने का नाम ही न लेता था। जब करने को और कोई आवश्यक उतावली वाला काम न होता, तो भी पत्थर बीनने का यह नामुराद काम हमेशा मुंह बाए पड़ा मिलता। ऐसे समय में हमें कंकर-पत्थर बीनने में ही पिलना पड़ता। और जब नई फसल के लिए खेत में फिर से हल चलाया जाता, तो ऐसा लगता कि इस बार फिर नये सिरे से पत्थर चुनने की ज़हमत उठानी पड़ेगी।

"लेकिन यदि तुम अपने ताया अमर की, उस नीरस काम के सिलसिले में बातें सुनते, तो शायद तुम्हें यह जान पड़ता कि दुनिया में पत्थर बीनने से बढ़कर और कोई मनोरंजन ही नहीं है। मेरी जान-पहचान में कोई भी आदमी ऐसा नहीं जो खेत से पत्थर चुनने के इस कार्य को इतना सरल और मनोरंजक मानता हो। इस काम के विषय में उसका दृष्टिकोण ही कुछ अलग था। एक बार की बात है। मक्का के पूरे के पूरे खेत में गोड़ाई हो चुकी थी। घास भी अभी इतनी बड़ी न थी कि उसकी कटाई हो पाती। मैं मछली पकड़ने के लिए जाने को तैयार था। मैं बंसी-जाल से लैस हो चुका था। इतने में हुआ क्या, बापू आ गए और उन्होंने हमें खेत के पश्चिमी भाग में से कंकर चुनने में लगा दिया। मैं रोने को हो रहा था कि इतने में अमर चहक उठा :

" 'भैया, मेरे संग तो आओ! मुझे पता है कि खेत में कहां सोने के ढेरों डले पड़े हैं!'

"क्या अब तुम बता सकते हो कि आगे क्या हुआ होगा? हुआ यह कि भैया ने पत्थर बीनने के उस काम को एक तरह के मनोरंजक खेल में परिणत कर दिया। उसने किया यह कि हमारे खेत का नाम रख दिया : 'आनन्द की खान', और उसने खेत में से पत्थरों को ऐसे निकालना शुरू कर दिया, मानो वह सोने खान में से सोने के डले निकाल रहा हो। उसने अपने इस खेल में मुझे भी शामिल कर लिया। तुम्हारी कसम,उस खेल में इतना मज़ा आया कि मुझे सारा दिन यह लगता रहा जैसे मैं

कैलिफोर्निया की सोने की खानों में से सोना निकालता रहा होऊं।

"जब हम दिन का काम समाप्त कर चुके तो अमर बोला, 'इन सोने के कच्चे डलों से अमीर होने का केवल एक ही तरीका है; और वह है : इनसे मुक्ती पाना, अर्थात् खेत से इन्हें निकाल बाहर करना, न कि इन्हें प्राप्त करना, अथवा इन्हें संजोए रहना।'

" यद्यपि उसकी यह बात मझे और मेरी कल्पना को कुछ जंची नहीं किन्त यह तो मानना ही पड़ेगा कि हमने काम को खेल-खेल में ही किया और इस प्रकार हमने खेत में से कंकर-पत्थर मज़े-मज़े में निकाल बाहर किए।

"और, जैसा कि मैं पहले कह चुका हूं, मैं 'आशावाद' की शब्दकोश में दी गई परिभाषा बताने में असमर्थ हूं, लेकिन इतना मैं जरूर कह सकता हूं कि यदि तुम्हारा ताया अमर 'आशावादी' व्यक्ति नहीं था, तो मेरे खयाल में दुनिया में कोई भी आशावादी नहीं है—या फिर मैं ही नहीं जानता कि 'आशावादी' कहते किसे हैं।"

एक सज्जन कहते हैं,"जीवन के उपक्रम में प्रफुल्ल एवं आशावादी स्वभाव बहुमूल्य है।" **संसार के सकल पदार्थ और सम्पदा एक ओर, और संतोषमय एवं आशावादी प्रकृति एक ओर। जिसका ऐसा स्वभाव है, उसके पास सब कुछ है। ऐसा प्रसन्नचित्त व्यक्ति ही, जिसकी मनःस्थिति सदा उत्फुल्लित रहती है, जो हर वस्तु के उज्ज्वल पक्ष को ही देखता है और जो पराजय के पाश में फंसकर भी विजयश्री को वरने के लिए सतत प्रयत्नशील रहता है, जीवन में सफल होता है।**

जो लोग सदा कोई न कोई रोना ही रोते रहते हैं, जिनमें निर्णय-शक्ति नाम को भी नहीं होती और जो 'अगर-मगर' एवं 'किन्तु-परन्तु' करते रहते हैं, अथवा मैंने आपको 'ऐसा बताया था' या 'वैसा बताया था' जैसी अभिव्यक्तियों में ग्रस्त रहते हैं—उनसे हर कोई कतराता है। हम ऐसा व्यक्ति ही पसंद करते है जो सूर्य से आंखें मिला सके, चाहे सूरज दमक रहा हो, चाहे नहीं। हम केवल हंसमुख एवं आशावादी व्यक्ति के प्रति ही सहानुभूति रखते हैं और उसी की सहायता में प्रवृत्त होते हैं। इसके विपरीत,हम छिद्रान्वेषी,परनिंदक तथा कटु आलोचना करने वाले व्यक्ति के प्रति कभी हमदर्दी नहीं रखते और उसकी मदद को नहीं दौड़ते, जिसे सदा यही आशंका

बनी रहती है कि अब मूसलाधार झड़ी लगी, कि अब आंधी-पानी व ओले पड़े, तथा जो सदा निराशापूर्ण भविष्यवाणियां ही करता रहता है; जैसे—'इस बार गर्मी के मौसम में ऐसी घोर गर्मी पड़ेगी कि धरती धधक उठेगी', अथवा 'एक भयंकर तूफान आने वाला है। मेघ ऐसे गरजेंगे कि दिल दहल जाएगा और बिजली ऐसी कड़केगी कि औरत क्या आदमी तक कांप उठेंगे!' और जो हर वक्त यही शिकायत करता मिलेगा—'जमाना कैसा खराब आ गया है! हर चीज़ को आग लग गई है—महंगाई ने तो हद कर दी है! हे भगवान, अब क्या होगा! प्रलय आने में कुछ देर नहीं!' अथवा 'मेरी तो किस्मत में ही पत्थर पड़े हैं। सोने में हाथ डालता हूं तो मिट्टी हो जाता है। ऐसा बुरा भाग्य परमात्मा दुश्मन को भी न दे',आदि। तेजस्वी,प्रसन्नचित्त, आशावान एवं संतोषी व्यक्ति ही अपनी उन्नति का मार्ग प्रशस्त कर पाता है। ऐसे व्यक्ति को ही भरपूर सम्मान और सराहना प्राप्त होती है।

विषाद एंव निराशा मात्र जीवन-तत्त्व का ह्रास ही नहीं करते, बल्कि सफलता-प्राप्ति के मार्ग से भी हमें बुरी तरह भ्रष्ट करते हैं। इन्हीं अस्वस्थ भावनाओं के दुष्परिणामस्वरूप सफलता-प्राप्ति करने के कई अवसर दुर्लभ हो जाते हैं। उज्ज्वल, तेजस्वी एवं उत्साही प्रकृति वाला व्यक्ति ही अन्तिम विजय प्राप्त करता है।

धन्यवाद नगर में वास कीजिए

एक उत्कट बुद्धि-विलासी सज्जन को, जो इंगलैंड के प्रसिद्ध नगर यार्कशायर के निवासी थे, कहीं भोज में निमन्त्रित किया गया। वे सज्जन निश्चित स्थान पर पहुंचकर अभी आसन पर विराजनमान हुए ही थे कि एक व्यक्ति मातमी-सी सूरत बनाए, कुछ निराश-निराश, मानो अपने-आपसे असन्तुष्ट हो, उनके सामने आ बैठा। उन महाशय ने उस व्यक्ति को ध्यान से देखा और उसकी मनःस्थिति एवं स्वभाव का उन्हें झट अनुमान हो गया। प्रखर-बुद्धि तो थे ही। उस व्यक्ति को परोक्ष रूप से सीख देने के लिए वे आस-पास के लोगों को सुनाकर कहने लगे, "मेरा अनुमान है कि मेरे यह मित्र, जो अभी-अभी आकर बैठे हैं, 'निराशा गली' में रहते हैं। मैं खुद भी वहां रहा हूं। निराशा गली में मेरा स्वास्थ्य कभी भी अच्छा नहीं रहा। वहां की हवा दूषित थी। मेरे पास जो मकान था, वह भी गया-बीता था। शुद्ध जल भी वहां उपलब्ध नहीं था। उस गली में परिन्दा तक पर नहीं मारता था। किसी पाखी-परिन्दे

की चहचहाहट मैंने वहां नहीं सुनी। मेरा मन उस गली में सदा निराशा, उदासी एवं उद्विग्नता में ग्रस्त रहता था। लेकिन,मैंने शीघ्र ही वह गली छोड़ दी और 'धन्यवाद नगर' में मकान ले लिया। बस,तब से मेरा स्वास्थ्य ठीक है, और मेरे परिवार के सदस्यों का भी। धन्यवाद नगर की हवा तरोताज़ा और स्वच्छ है। मेरे पास यहां बहुत बढ़िया मकान है। सारा दिन धन्यवाद नगर सूर्य के प्रकाश से देदीप्य मान रहता है। यहां के वातावरण में पक्षीगण सदा गाते-फुदकते रहते हैं। मैं यहां जिस हाल में हूं,खुश हूं। अब, मैं इन मित्र को भी यही सलाह दूंगा कि वे स्थान-परिवर्तन कर लें और निराशा गली को छोड़ दें। धन्यवाद नगर में अनेकों मकान किराये के लिए खाली हैं। मेरे यह मित्र धन्यवाद नगर में आ जाएं,उन्हें अपने में एक सुखद परिवर्तन महसूस होगा। उन्हें लगेगा कि जैसे वे बिल्कुल बदल गए हैं। एक नये व्यक्ति के रूप में उनका कायाकल्प हो जाएगा। और एक पड़ोसी के रूप में उन्हें पाकर मुझे अत्यन्त प्रसन्नता होगी।"

इस दुनिया की सृष्टि 'आंसुओं की घाटी' का निर्माण करने के लिए नहीं हुई,बल्कि 'सुख की घाटी' की सर्जना के लिए हुई है। आइसलैण्ड के निवासी, जो लगभग सतत रूप से सर्दी अथवा बर्फीली ठंड में रहते हैं, अपने देश की स्तुति में अन्य देशों से आए यात्रियों को यह कहते हैं, "दुनिया में जिन-जिन प्रदेश पर सूरज चमकता है, आइसलैण्ड उनमें सर्वश्रेष्ठ है।" उत्तरी ध्रुव प्रदेश में बसने वाले एस्किमो जाति के लोग, श्वेत मानव' की पहुंच के बहुत परे, उत्तरी ध्रुव प्रदेश की लम्बी-लम्बी और ठंडी रातों में प्रसन्न रहकर आनन्दगीत अलापते रहते हैं,जबकि मध्य अमरीका के मनोरम भू-भाग और नन्दन-कानन जैसे जलवायु एवं वातावरण में निवास करने वाले लोगों की मातृ-भाषाओं में आनन्दमय तथा उल्लासपूर्ण अर्थ में प्रयोग किए एक शब्द के पीछे पीड़ा, दुःख एवं शोक-सन्ताप के सूचक दर्जनों शब्द प्रयोग में आते हैं। अर्थात् जिन देशों में जीवन अपेक्षाकृत कम कठिन है, वहां के निवासी सुख एवं आह्लाद का मूल्य नहीं जानते।

इसी प्रसंग में, एक मनोरंजक किस्सा सुनिए। फारस देश के एक बादशाह के उसके अक्लमन्द सलाहकारों तथा वज़ीरों-मुसाहिबों ने यह राय दी कि यदि यह अपनी सल्तनत के किसी अत्यन्त सन्तोषी और अपने हाल पर खुश रहने वाले आदमी की कमीज एक बार पहन ले,तो उसका गम,निराशा,शोक-सन्ताप और काया-क्लेश सब छूमन्तर हो जाएगा। शाह ने ऐसे आदमी की तलाश का फरमान

जारी किया। ले-देकर एक ऐसा आदमी मिला तो सही, लेकिन उसके शरीर पर कोई कमीज़-कुर्ता ही न था। मज़े की बात यह कि वह शाह की बादशाही में अकेला ही सन्तोषी जीव था। क्यों, है न यह विधि की विडम्बना? कुछ इसी से मिलता-जुलता उदाहरण संयुक्त राज्य अमरीका के प्रसिद्ध ऐतिहासिक नगर बोस्टन का है। बोस्टन का सबसे अधिक सन्तोषी व्यक्ति राष्ट्रमण्डल पथ (कामनवेल्थ एवेन्यू) पर, जहां कि बोस्टन के बड़े-बड़े लोग निवास करते हैं, नहीं रहता, और न ही राज्य मार्ग (स्टेट स्ट्रीट) में किसी राजनीतिक पद पर आसीन है। वह गरीब है। उसकी आंखों में भी नूर नहीं। वह बोस्टन की गलियों में एक द्वार से दूसरे द्वार तक भटकता सुई-धागा,बटन और सिलाई-सम्बन्धी अन्य छोटी-मोटी सामग्री बेचता फिरता है। बोस्टन के प्रसिद्ध डाक्टर मिनोट महोदय इस निर्धन सूरदास को देखकर बहुत दुःखित हो उठते थे। एक बार उन्होंने उससे उसके बारे में पूछ ही तो लिया। उन्हें यह जानकर बड़ी हैरत हुई कि वह सूरदास अपनी दशा पर पूरी तरह से खुश और सन्तुष्ट है। सूरदास ने उन्हें बताया कि उसकी पत्नी उसके प्रति बड़ी वफादार है और अपने इस काम-धन्धे से उसे इतनी आमदनी हो जाती है जो उसके जीवन की आवश्यकताओं को पूरा करने के लिए पर्याप्त है। इसके अतिरिक्त सूरदास ने डाक्टर महोदय को यह भी बताया कि **यदि वह अपने भाग्य का रोना रोने लगे, तो उसे दीनभाव, आत्मग्लानि और आत्महीनता का अनुभव होगा, क्योंकि भाग्य को कोसने से हाथ में कुछ आता-जाता तो है नहीं, उल्टे आदमी उपेक्षा, तिरस्कार और घृणा का पात्र बन जाता है।** यदि बोस्टन नगर में कोई दृढ़चरित्र व्यक्ति है तो निःसन्देह वह निर्धन सूरदास ही हैं।

ख्यातनामा दार्शनिक एवं साहित्यकार गेटे ने सन्तोषी वृत्ति का अत्यन्त सुन्दर एवं सौम्य ढंग से निरूपण किया है। गेटे की एक कथा में सन्तोष की अपार महिमा कही गई है। उसमें सन्तोष की उपमा एक जादुई चिराग से दी गई है, जिसने एक अपढ़-गंवार मछुए की झोंपड़ी को चांदी से बने महल में बदल दिया, और जिसके आलोक के कारण लकड़ी के लट्ठे तथा कुंदे, झोंपड़ी का फर्श छत और माल-असबाब—सभी कुछ का रूप बदल गया तथा हर वस्तु एक नूतन ज्योति से दमक उठी।

कवि गेटे ने सन्तोष का गुणगान कुछ यूं किया है :

मेरा मुकुट मेरे हृदय में विराजमान है

शीश पर नहीं।
मेरे मुकुट पर भारत के मणि-माणिक
नहीं जड़े हैं
मेरा मुकुट दीखता नहीं है,
उसका नाम है सन्तोष।
मेरा मुकुट ऐसा दिव्य है,
जिसे महाराजा भी धारण नहीं कर सकते!

3

कर्मक्षेत्र में प्रसन्नचित्तता

व्यापार सभी कार्यों का राजा है, अर्थात् मनुष्य के सभी कामों में उत्कृष्ट है। हम व्यापारिक भाषा में प्राय: कहते हैं कि रुई का उत्पादन कृषि-उत्पादनों का राजा है,अथवा धान्य राजा है। परन्तु यह कहना अपेक्षाकृत अधिक उचित होगा कि वस्तुतः वह विशाल यन्त्र ही मानवीय गतिविधि का नियन्ता है, जो वस्तु की 'मांग' तथा उसकी 'आपूर्ति' के नियम द्वारा निरन्तर संचालित रहता है; सम्पूर्ण मानवता का भविष्य इसी तंत्र द्वारा अनुशासित होता है।

स्टर्न्ज महोदय का कथन है, "यदि हमसे यह प्रश्न पूछा जाए कि इस समय दुनिया के व्यक्तियों के क्रिया-व्यापारों को नियन्त्रित, नियमित तथा अनुप्रेरित करने में कौन-सी प्रबलतम शक्ति गतिशील है, जिस पर संसार का अस्तित्व एवं भविष्य मुख्यतया निर्भर करता है, तो हमें तुरन्त यह उत्तर देना चाहिए कि यह। प्रबलतम शक्ति 'व्यापार' ही है, जिसकी विभिन्न कोटियां एवं अनुभाग हैं, जिनमें से देशीय तथा अन्तर्देशीय वाणिज्य सर्वोत्तम एवं सर्वाधिक उपयुक्त प्रतिनिधि है। सभी सुखी-सम्पन्न, वैभवशाली राष्ट्रों में,जो कला, ज्ञान, साहित्य एवं सामाजिक शिष्टाचार आदि के क्षेत्र में विकासोन्मुख हैं, वाणिज्य-व्यापार ही मनुष्य के सभी कार्यों का शासक है। यद्यपि समाज में अन्य काम-काज भी समान महत्त्वपूर्ण हो सकते हैं, और हमारे दृष्टिकोण से उनमें से कुछेक अपेक्षाकृत कहीं अधिक सम्मानित एवं गौरवान्वित

हो सकते हैं; फिर भी वाणिज्य-व्यापार मनुष्य के क्रिया-कलाप का शासक है। क्या राजनीतिज्ञ और क्या विद्वान, क्या कुलीन पुरुष और क्या राजकुमार—सभी निर्माता, शिल्पकार एवं श्रमिक की भांति समान रूप से, वाणिज्य द्वारा जुटाए हुए साधनों से ही अपने-अपने अभीष्ट फलों को प्राप्त करते हैं।"

इस विशाल तन्त्र को गतिशील स्थिति में रखने के लिए बालू की अपेक्षा तेल बेहतर होता है। पुर्ज़ों पर बालू अथवा कंकर-रोड़ी न बिखेरिए। 'व्हीलबॉक्स' में मामूली-सी, तांबे की रगड, अथवा 'जर्नल' पर खरोंच रेलवे ट्रेन में आग तक लगा सकती है। संघर्ष उत्पन्न करने वाले किसी भी कारण से व्यापार जगत् की गतिशीलता को हानि पहुंचती है।

चिन्ता व्यक्ति के काम को चौपट कर देती है। कोई भी चिन्ता-ग्रस्त व्यक्ति अपनी सर्वोत्तम कार्य-क्षमता का परिचय नहीं दे पाता, और काम के साथ न्याय नहीं कर पाता। एक व्यक्ति है, जिसे भागा-दौड़ी ही लगी रहती है और सदैव बेहद उतावली मची रहती है। वह क्रोधाविष्ट तथा स्वेदसिक्त होकर अपनी व्यस्तता का ही ढोल पीटता रहता है, मानो वह अकेला ही दस व्यक्तियों का काम कर रहा हो। और उसके साथ का ही एक अन्य व्यक्ति है, जो आराम से और बिना हफरा-तफरी के चल रहा है, सम्भवतः उससे दुगुना कार्य करता है, और उससे बढ़िया भी। व्यग्रता व्यक्ति को अच्छा काम करने के अयोग्य बना देती है।

आपके देखने में व्यापारिक संस्थान का ऐसा भी व्यवस्थापक आया होगा जो अनुशासन के नाम पर अपने कर्मचारियों के काम में अनावश्यक, और कभी-कभी अनाधिकार, हस्तक्षेप करता होगा। जब देखिए, वह इस या उस पर आग उगलता ही दिखाई देगा। अपने कर्मचारियों के प्रति उसका व्यवहार ऐसा ही होता है, जैसा कि जगत्-प्रसिद्ध सम्राट फ्रेडरिक महान का पिता अपनी प्रजा से किया करता था। वह लोगों को गलियों में खड़ा कर कोड़े लगवाता था, और चिल्ला-चिल्लाकर कहता था, "मैं चाहता हूं कि मुझे लोग प्यार करें और मुझसे भयभीत न हों।" तलभेज महोदय कहा करते थे, " 'रोनू भाई धोनू भाई एण्ड ब्रदर्स' सोचते ही रह जाते हैं कि आखिर वे असफल पर असफल क्यों हुए जा रहे हैं, जबकि उसके पड़ोसी 'सरलहृदय तरलहृदय एण्ड ब्रदर्स' सफलता के बाद सफलता प्राप्त किए जाते हैं।"

व्यापारी की अद्वितीय पूंजी है—सहनशीलता तथा प्रियदर्शिता। इस पूंजी को व्यापार में लगाने से इतना अधिक लाभ प्राप्त होता है कि रुपया-पैसा इसकी समता नहीं कर सकता। शिष्ट मुस्कान इतनी सहायक होती है कि इसी के बल पर अधिकांश सौदा-सामान बिक जाता है।

प्रसिद्ध उद्योगपति वानमेकर के कर्मचारियों को यह कहते सुना गया है, "यदि मेकर महोदय किसी दिन सुबह-सुबह कार्यालय में हमें मुस्कराकर अभिवादन करने की कृपा कर देते हैं, तो हम सप्ताह-भर उत्साह और स्फूर्ति से भर कर अधिक अच्छा काम कर पाते हैं।"

इस सहृदय स्वभाव एवं हंसमुख व्यवहार का, और अपने कर्मचारियों में सौहार्दपूर्ण वातावरण तैयार करने की आकांक्षा का, किसी बड़े व्यवसायी की महान सफलता में बड़ा हाथ होता है। परन्तु वह वणिक् अथवा व्यापारी जो अपने कर्मचारियों के कार्य में बेमतलब नुक्ता चीनी करता है और कभी उदारहृदयता से पेश नहीं आता, जो उनकी उचित प्रशंसा नहीं करता, उनको उचित श्रेय नहीं देता, जो उनके दैनिक कार्य-काल को आनन्द एवं उत्साह से ओत-प्रोत करने में तत्पर नहीं होता, वह अपने कर्मचारियों की योग्यता का पूरा-पूरा लाभ नहीं उठा पाता। 'तब स्नेह का मार्ग क्यों न अपनाया जाए—प्रेम से क्यों न काम किया जाए?' यह लाभप्रद तो है ही श्रेयस्कर भी है।

जिस युवक अथवा युवती ने क्रियात्मक जीवन की दहलीज पर अभी कदम ही रखा है,उसके लिए हंसमुख स्वभाव—जो बड़े दुर्भाग्यों,संकटों और विपत्तियों को वास्तविक वरदानों में परिणत कर देता है—एक सौभाग्य ही है। असन्तोष से उत्पन्न बक-झक या सदैव कोसते रहने की प्रवृत्ति में दुर्भाग्य के सिवाय कुछ नहीं है। यह तो एक प्रकार से बदकिस्मतों को स्वयं दावत देना है। दुर्भाग्य का रोना तो हर कोई रो सकता है,क्योंकि इसमें न तो प्रतिभा की,न आत्म-संयम की, न मस्तिष्क की और न चरित्र की ही कोई आवश्यकता होती है। कोसते रहने की प्रवृत्ति कार्य-कर्ता को और अधिक दुखी बना देती है। उससे गम्भीर परिस्थितियां पैदा हो जाती हैं। कई बार उसे नौकरी तक से भी हाथ धोना पड़ता है। दूसरे लोग जिस काम को प्रफुल्ल भावना से करना अपना सौभाग्य समझते हैं, उसी को कुढ़-कुढ़ कर, झुंझला-झुंझला कर करना कोई बुद्धिमानी नहीं, अतः कुढ़ने की इस प्रवृत्ति से बचना चाहिए।

यदि आप अपनी स्थिति से असन्तुष्ट हैं,तो किसी से शिकायत न कीजिए—कम से कम अपने स्वामी से तो कतई नहीं। उसके विपरीत, **अपने पद पर इतनी अच्छी तरह कार्य कीजिए, जितनी अच्छी तरह पहले किसी ने न किया हो। अपने पद को अभूतपूर्व प्रतिष्ठा दीजिए, काम पर छा जाइए–ऐसे, कि आपकी कर्मठता का, कर्मण्यता का प्याला उफन कर छलक-छलक जाए। अपने पद के अनुकूल अपने को अधिक सक्षम एवं समर्थ बनाइए। एक बार यह दिखा दीजिए कि आप पूर्णतया पदोनति के पात्र हैं।** अपने व्यक्तित्व और योग्यता को इस प्रकार अपने कार्यों में प्रतिफलित होने दीजिए। केवल यही एक विधि है जो आपकी पद-वृद्धि में सहायक होगी।

यों यह संसार किसी भी व्यक्ति के पूरी तरह अनुकूल नहीं बैठता। यदि आप काम से जी नहीं चुराते, तो निश्चित जानिए कि आपको ऐसे भी उत्तरदायित्व निभाने पड़ेंगे, जिनके प्रति अन्य लोग उत्तरदायी हैं। आप इस सबसे खीझिए नहीं। यदि कोई कार्य होना है,और आप उसे बखूबी कर सकते हैं,तो सोच-विचार में न फंसिए कि 'यह अमुक व्यक्ति को करना चाहिए, और वह उसे नहीं कर रहा; बल्कि स्वयं ही कर डालिए।' जो कार्यकर्ता काम में आने वाली त्रुटियों को ठीक करते हैं,जो काम की कठिन प्रक्रिया को सरल बनाते रहते हैं, और जो दूसरों द्वारा बीच में छोड़े गए काम को पूरा करते हैं, वस्तुतः वे ही सच्चे कार्य-साधक होते हैं, जो असन्तोषी जीवों की अच्छी-खासी पलटन से अधिक उपयोगी होते हैं।

बेसिटी नामक नगर के एक 'स्टोर' पर काम करने वाली एक सेल्ज़गर्ल का वर्णन करते हुए एक पादरी का कथन है, "अहा! कैसा आभामय,सुन्दर एवं मनोहर मुखड़ा था उस नवयुवती का! ग्राहक उसके चारों ओर ऐसे मंडरा रहे थे, जैसे मधु-छत्ते के गिर्द मधुमक्खियां जमा हो रही हों।"

काम करते-करते गुनगुनाइए

आइए, इंगलैण्ड के ख्यातनामा इतिहासकार एवं आलोचक कार्लाइल के इस कथन को हम भी मिलकर दोहराएं, "...हां, हमें ऐसा व्यक्ति प्रदान कीजिए—हां, हां, **ऐसा व्यक्ति, जो काम करते-करते गुनगुनाता भी जाए। वह उतने ही समय में अधिक कार्य करेगा, और उसका काम बढ़िया व श्रेयस्कर भी होगा। साथ ही वह उस काम पर ज्यादा देर तक जुटा भी रह सकेगा। संगीत की लय में खोकर कहां किसको**

थकान का विचार रह पाता है! सब कुछ भूल जाता है,सब बह जाता है संगीत की धारा में। कहा जाता है,तारे भी जब अपने अयनवृत्त में मंडराते हैं, तो एक सुर-ताल का सृजन करते हैं। आश्चर्यजनक है आनन्दमयता की यह शक्ति। प्रसन्न रहने की प्रवृत्ति से जो सहनशीलता की अद्भुत शक्ति उत्पन्न होती है,उसकी तो कोई थाह ही नहीं। उद्योगों को सदा के लिए जीवित रखने के लिए यह आवश्यक है कि वे समान रूप से आनन्दमयी हों,प्रसन्नता व उल्लास से पूर्ण हों, और उनके अन्तर्गत जो काम हों, उच्च आदर्शों से प्रेरित हों।"

एक अन्य लेखक का कथन है : "जब रसोईघर में मारे भाप के उफनती साग-भाजी की देखभाल करती,अथवा सुई-धागे के भानमती के पिटारे को पास रखकर सीने-पिरोने अथवा कपड़े-लत्तों की मरम्मत करने में तल्लीन बालाएं गीत के कुछ शब्द गुनगुनाने लगें, या जब झाड़ू-बुहारी वाला उनका हाथ एक विशेष लय में चलने लगे, अथवा झाड़न-पोंछन किसी सुर को ताल देता हुआ हिले,तो यह एक स्वस्थ लक्षण है। हमारा विश्वास है कि गाने-गुनगुनाने की इस गतिमयता के कारण हाथ की तश्तरियां व रकाबियां मंजकर अधिक साफ होकर चमकने लगती हैं और बुहारने-झाड़ने तथा सीने-पिरोने का काम अधिक संतोषजनक ढंग से सम्पन्न होता है। काम करती हुई अपनी पुत्री को गाती-गुनगुनाती हुई देखकर पिता के अधरों पर मुस्कान थिरक उठती है; और मां का थका चेहरा उसके सुर से जगमगा उठता है, भाई-बहन अनजाने में ही अपनी बहन के काम करने की उल्लासमय विधि से अनुप्राणित हो उठते हैं,और उसके सुर में सुर मिला देते हैं।

स्विट्ज़रलैण्ड में दूध दुहने वाले दूधिया अथवा अहीर लोग गायन में भी प्रवीण होते हैं। जिस ग्वाले अथवा ग्वालिन का कंठ सुरीला होता है, उसको अपेक्षाकृत अधिक वेतन मिलता है,क्योंकि मधुर सुर-तान से मुदित होकर गायें 20 प्रतिशत तक अधिक दूध देती हैं।

बुफन महोदय का कहना था कि संगीत-ध्वनि सुन-सुन कर भेड़ें भी अधिक हृष्ट-पुष्ट हो जाती हैं। खेतिहर लोग जब गा रहे होते हैं, जैसा कि गांव-देहात के खेतों-खलिहानों में आप प्रायः उन्हें गाता सुनते हैं, तो आप निश्चित जानिए, उन्हें मेहनत-मशक्कत कम थकाने वाली जान पड़ती है।

इंगलैण्ड के एक ग्रामीण जिले के एक कृषि-फार्म के कृषकों द्वारा प्रयोग

में लाए जाने वाले संगीत की घण्टियों के विषय में श्रीमती हॉबिट वर्णन करती हुई कहती हैं, "...यह कोई नियमित तान न थी बल्कि एक मधुर स्वर था, जो वर्षा ऋतु के मन्द-सुगन्ध युक्त वायु में, पूर्ण सूर्य-रश्मियों से दमकते दिन में, जिसमें वनपाखियों की चहचहाहट भी घुलमिल जाती थी, गुंजरित होता था।" एंजिला लन्दन में सभी प्रकार का संगीत सुन चुकी थी, परन्तु यह संगीत उसके लिए अनोखा था और अब तक सुने संगीत से नितान्त भिन्न था। वह अत्यन्त कोमल, मधुर एवं भावमय था। वह निकट से निकटतर आता चला गया–बहते जल की नाई 'कल-कल' निनाद करता हुआ। लड़के व दादा बखूबी जानते थे कि यह संगीतात्मक ध्वनि किधर से आ रही है और किसकी है। इतने में सारा दृश्य मूर्त हो उठा–फार्म का कृषक-दल चक्की की ओर आटा पिसवाने के लिए घोड़ों पर अनाज लादकर लिए जा रहा था। हर घोड़े के साज़ के साथ नन्हे-नन्हे घुंघरुओं की एक छोटी-सी माला बंधी हुई थी। वे आगे, और आगे बढ़ते चले जा रहे थे। बढ़िया, असील और खूबसूरत घोड़े, जो खूब हट्टे-कट्टे जानवर थे, चलते-चलते इधर-उधर सिर हिलाते चलते; और हर कदम पर आनन्दमय एवं उल्लासपूर्ण स्वर वातावरण में घुल रहा था।

" 'क्या इस प्रदेश में सभी घोड़ों के साज़ में घण्टियां बंधी होती हैं?'

" 'नहीं, ऐसी बात नहीं।' उसके दादा ने उत्तर दिया, 'आखिर घण्टियों पर कुछ व्यय तो होता ही है, परन्तु घोड़े को थोड़ा-सा संगीत देकर, जो उसको प्रिय है, यदि हम उसकी मेहनत-मशक्कत को आसान और सह्य बना देते हैं, तो वह अपने काम से अपेक्षाकृत कम थकता है, और यह एक महत्त्वपूर्ण बात है। घोड़ा एक सहृदय और श्रेष्ठ भावनाओं वाला प्राणी है, और यह बात भी नहीं कि उसमें बुद्धि न हो ; वह संगीत का भरपूर आनन्द उठाने में पूर्ण सक्षम है।' "

गाने का स्वर न सही, कम से कम गाने की भावना ही हमें सतत आनन्द प्रदान करती है। गाने की भावना कुछ ऐसा आनन्द देती है मानो हम वन-पक्षियों के कलरव से युक्त किसी चरागाह से गुज़र रहे हों।

बीचर महोदय कहते हैं, "कुछ लोग तो ऐसे जीते हैं, जैसे संगीत-मण्डली अथवा बाजे-गाजे वाले गली-बाज़ार में से आनन्द और उल्लास का समां बांधते, हवा को अपनी स्वर-लहरी से गुंजाते, दूर-निकट के प्रत्येक प्राणी को हर्षाते,

पुलकाते हुए निकल जाते हैं। उन्हीं के दूसरे भाई वातावरण में,कर्कशता बिखेरते, निरन्तर झें-झें करते रहते हैं। कुछ लोगों की ज़बान ज़िन्दगी-भर कैंची की तरह 'कतर-कतर' चलती रहती है। वह शोले उगलती है या ओले। नतीजा यह होता है कि जहां वे जाते हैं, लोग उनसे कतराते हैं कि कहीं हज़रत गले न पड़ जाएं। किन्तु कुछ लोग ऐसे भी होते हैं, जिनके दर्शन-मात्र से वातावरण ऐसे महक उठता है जैसे बसन्त ऋतु में पुष्प वाटिकाएं वातावरण को सुरभित कर देती हैं।"

रसिक भावना

मैसिलोन महोदय कहा करते थे, "वनस्पति के लिए जैसे सूर्य की किरणें संजीवनी हैं, उसी भांति मनुष्य-शरीर के लिए रसिक भावना अत्यन्त आवश्यक है।"

स्वर्गीय चार्ल्स डाना महोदय अपने काम के प्रति आनन्द की भावना से ओत-प्रोत थे। वे अपना काम अत्यन्त रुचि से करते थे, अपनी मरणासन्न बीमारी तक भी वे निरन्तर अपने दफ्तर में जाते रहे और काम करते रहे। एक पदाधिकारी उनसे एक दिन कहने लगा, "डाना महोदय,मेरी समझ में नहीं आता कि आप इस रोज़मर्रा की नाटकीय माथा-पच्ची को कैसे सहे चले जा रहे हैं!"

"माथा-पच्ची?" डाना महोदय कुछ हैरान हो, तुरन्त बोले, "जनाब! यहीं आप सरासर भूल कर रहे हैं। मुझे तो भई,काम करने में मज़ा आता है।"

"मज़ा आ गया!" यह डाना महोदय का जैसे तकियाकलाम ही था। जब उन्हें किसी बात से बहुत आनन्द प्राप्त होता,तो वे चहक उठते,और अपने उल्लास को प्रकट करने के लिए इन बाज़ारू शब्दों का प्रयोग करते, "भई, मज़ा आ गया!" विदेश भ्रमण या क्यूबा अथवा मेक्सिको की यात्रा कर,या 'सन' (सूर्य) नामक पत्रिका के पन्नों में कोई आनन्ददायक प्रसंग पढ़कर, या जब उन्हें बहुत खुशी होती, तब उनके होंठों से उनका तकिया कलाम बरबस निकल जाता, "भई, मज़ा आ गया!"

नाथन रॉथ शिल्ड सुनाया करते थे, "मेरे एक पड़ोसी की आदत इतनी खराब है कि खुदा उनसे बचाए। वे हज़रत हमेशा परेशान करने की फिराक में रहते हैं। उन्होंने मेरे टहलने के मार्ग से लगता हुआ एक बड़ा-सा सूअरों का बाड़ा बनाया है। सो,मैं जब बाहर घूमने निकलता हूं, तो मेरे कानों में जो पहली आवाज़ पड़ती

है, वह है उन सूअरों की—'धे-धे', 'के कें' तथा उसके बाद उनकी चिल्ल-पों एवं किकियाहट। लेकिन इससे मेरे भ्रमण के आनन्द में कोई खलल नहीं पड़ता, क्योंकि मुझमें सदैव रसिक भावना बनी रहती है।"

इसी प्रसंग में एक और मनोरंजक विचारोत्तेजक किस्सा सुनिए। एक सज्जन ने 'ट्रिब्यून' नामक समाचार पत्र में एक लेख पढ़ा। उससे वे इतने उत्तेजित हो गए कि आपा खो बैठे और जा धमके समाचार पत्र के दफ्तर में, और सम्पादक महोदय से मिलने की इच्छा प्रकट की। फलतः उन्हें एक सात फुट चौड़े,नौ फुट लम्बे एक एकान्त कमरे में ले जाया गया, जहां सम्पादक महोदय एक कागज़ पर बेतरह सिर झुकाए बैठे थे और उनकी लेखनी 240 शब्द प्रति मिनट की गति से निरन्तर लिखे जा रही थी। लिखावट क्या थी,पूरा शिकस्ता था—लिखे हज़रत मूसा, पढ़े अल्ला मियां! उस महाशय ने छूटते ही सम्पादक महोदय से प्रश्न किया, "मैं पूछता हूं, क्या आप ही मिस्टर ग्रीले हैं?" सम्पादक ने कागज़ से एक बार नज़र उठाए बिना,कलम की रफ्तार को बनाए रखकर तुरन्त उत्तर दिया, "हां साहब! मैं आपकी क्या सेवा कर सकता हूं?" फिर क्या था, वे सम्पादक पर बरस पड़े। उनकी बिफरी हुई ज़बान ने वह-वह कहा, जिसको सुनकर अशिष्टता व असभ्यता तक शर्मा जाती। इस निन्दा-अपशब्द के दौर में सम्पादक महोदय इस सबसे बेखबर अजस्र रूप से लिखते रहे। बड़ी तीव्रता से पन्नों पर पन्ने रंगते चले गए। उन महोदय के अनर्गल प्रलाप से प्रभावित होकर न तो सम्पादक ने पत्र के किसी लेख में कोई परिवर्तन किया, और न उन सज्जन की ओर तनिक भी ध्यान दिया। अन्ततः बीस मिनट की भयंकर अग्नि-वर्षा के उपरान्त, जो आज-तक किसी सम्पादक के दफ्तर में न हुई थी,जब वह व्यक्ति स्वयं थक गया तो कमरे से बाहर निकलने के लिए घूमा। तब सम्पादक महोदय ने पहली बार सिर उठाया,कुर्सी पर से उठे, और उन सज्जन के कन्धे को मित्र-भाव से थपथपाते हुए, शालीन ढंग से बोले, "मित्रवर, तनिक ठहरिए तो सही! आइए, आइए, विराजिए; और जो कुछ भी आपके मन में हैं,उगल डालिए। यह आपके लिए हितकर होगा। आपको इससे शांति मिलेगी और आप अपने को हल्का महसूस होगा। आपको इससे शांति मिलेगी और आप अपने को हल्का महसूस करेंगे। इसके अतिरिक्त एक बात और भी है—वह यह कि आपकी इन बातों से मुझे उस विषय को विचारने में सहायता मिल रही थी, जिस पर कि मुझे लिखना था। अत: जाइए नहीं—अभी कुछ ठहरिए।"

टैलमेज महोदय कहते हैं, **"उन्मुक्त हार्दिक अट्टहास तो उस बम के समान है जो ठीक निशाने पर जाकर फटता है, जबकि असंतोष एवं कुंठा उस बन्दूक के समान है जो दागने वाले व्यक्ति को भी झटका मारती है।"**

लुबॉक महोदय का कहना है, जिस व्यक्ति की सदा हंसते-मुस्कराते रहने की आदत होती है, जो अनायास ठहाका लगा सकता है, जो जब मिलता है चहचहाता ही मिलता है—उसको हर कोई चाहता है। यदि आप इतने खुशमिज़ाज हैं कि स्वयं अपनी खिल्ली उड़ा सकते हैं, तो आप अन्य लोगों के परिहास के पात्र कभी न बनेंगे।"

लोगों की रुचियों में विविधता देखी जाती है, जैसे कुछ लोग कुछ विशेष ध्वनियों के प्रति बहरे तथा कुछ विशेष रंगों के प्रति अन्धे होते हैं, उसी प्रकार कुछ व्यक्ति आमोद-प्रमोदों के प्रति बहरे व अन्ध होते हैं जिस बात से मैं लोटपोट हो सकता हूं, उससे उनके कान पर जूं तक नहीं रेंगती—होंठों पर हल्की-सी मुस्कराहट तक नहीं उभरती।

अपने छोटे-छोटे रोषों एवं कलह-कष्टों के हास्यास्पद पक्ष को देखने की चेष्टा करना क्या हमारे लिए सुखकर नहीं है? यदि हम गम्भीरतापूर्वक और शांत मस्तिष्क से उनके विषय में विचारें, तो हम उन पर बरबस हंस सकते हैं। आपने वह किस्सा तो सुना ही होगा...नहीं सुना? तो लीजिए, फिर सुनिए—दो छोटे-छोटे बालक राह पर चले जा रहे थे। एकाएक,दूर से दोनों ने देखा कि एक डिब्बा राह के बीचोबीच पड़ा है। बालक तो थे ही, सरपट दौड़े। दोनों में से हरेक चाहता था कि पहले पहुंचकर वह डिब्बे को हथिया ले। किन्तु संयोग देखिए कि दोनों का हाथ एक ही साथ उस पर पड़ा। दोनों उलझ पड़े। दोनों का कहना था कि 'डिब्बा मेरा है, इसमें जो कुछ भी बन्द है उस पर मेरा अधिकार है'। काफी देर तक द्वन्द्व मचा रहा। आखिर में तय यह हुआ कि डिब्बे को खोलकर देखा जाए कि इसमें है क्या। जो होगा आधा-आधा बांट लिया जाएगा। डिब्बा खोला गया। जानते हैं इसमें से क्या निकला? कुछ नहीं। वह खाली था। दोनों बालक खिल-खिलाकर हंस पड़े। और करते भी क्या! यही हाल हमारे इन छोटे-छोटे झगड़ों का है,जो मामूली किस्म की हास्यास्पद बातों पर आधारित होते हैं। उनमें कुछ तत्त्व नहीं हुआ करता।

व्यापार के क्षेत्र में,छिद्रान्वेषी एवं क्रोधी लोगों के साथ ताल-मेल बिठाने,

उनके साथ निपटने और उचित व्यवहार करने की योग्यता स्वयं में एक महत्त्वपूर्ण कला है। तुच्छ झिकझिकबाज़ी अथवा खाम-खाह की तकरारबाज़ी में,या ज़राज़रा-से झगड़ों में मस्तिष्क का संतुलन बनाए रखना,स्वयं में एक अनमोल वरदान है।

हंसमुख स्वभाव अथवा आनन्दी मनोवृत्ति स्वास्थ्य के लिए भी लाभप्रद होती है। एक ख्यातनामा रोग-विशेषज्ञ इस तथ्य की पुष्टि करते हैं। वे कहते हैं, "बेहद श्रम, मेंह में बुरी तरह भीगना, ठंड में ठिठुर जाना, आवश्यक एवं पौष्टिक भोजन की पर्याप्त माला से वंचित रह जाना,निरन्तर घुटे-घुटे व बन्द कमरे में रहना, आलस्य,असंयम और विलासिता—ये सब मानवीय जीवन के घोर शलु हैं,किन्तु इनमें से कोई भी इतना भयावह नहीं, जितना असंयत अथवा अनियन्त्रित क्रोध।" अन्य आधि-व्याधियों से ग्रस्त होकर भी अनेकों व्यक्ति प्रायः लम्बी आयु तक जीवित रहते हैं,किन्तु ऐसा बहुत कम देखा गया है कि अतिक्रोधी प्रकृति के व्यक्ति बहुत लम्बी उम्र तक जिए हों।

यह धारणा माल भ्रम है कि हर शै पर शैतान का साया है। ईश्वर में अटल आस्था और जीवन की आनन्दमयी परिणति के प्रति विश्वास–ये दोनों सम्बल हमारी दैनिक-चर्या के, 'घर-घर्र' करते यन्त्रों को तेल देने के कार्य में–उनको सहज रूप से गतिशील रखने के उद्देश्य में–किसी भी अन्य उपाय की अपेक्षा अधिक उपयोगी होंगे।

शैतान मर गया है

"दोस्तो,हिम्मत न हारो,शैतान मर गया है!" ख्यातनामा डिनाई महोदय का यह एक मंत्र-वाक्य था, जोकि वह हर किसी के कान में फूंकता फिरता था। वह कहा करता था, "लोग इसका अभिप्राय नहीं समझ पाते, लेकिन इससे चौंक ज़रूर जाते हैं। उनमें इससे आशा एवं उत्साह का संचार होता है। लोगों का मानसिक उत्थान करने के लिए, मैं इस शुभ समाचार को गांव-गांव में, नगर-नगर में ले जाता हूं।" एक बार इसी प्रकार घूमते-घूमते डिनाई की भेंट एक अल्पवयस्का लड़की से हो गई। वह रो रही थी। बात यह थी कि उसका घड़ा गिरकर फूट गया था। उसने उसे भी 'खुशखबरी' सुना दी, "बिटिया, धैर्य करो। शैतान मर गया है!" यह समाचार लड़की

के लिए इतना आनन्ददायक था कि वह रोना-धोना भूल गई और अपनी दादी को यह खुशखबरी सुनाने के लिए घर की ओर दौड़ी।

किसी भी राष्ट्र के उत्थान के लिए ऐसे व्यक्ति की आवश्यकता होती है, जिसे मनीषी एमर्सन की भांति अपने कार्य में लम्बी, कार्य-कारण-परम्परा दिखलाई देती हो और जिसका विश्वास हो कि हर बुराई का या हर गलती का इलाज है, जिसकी इस बात में आस्था हो कि प्रत्येक आतुर जीव को एक न एक दिन परम संतोषलाभ होता है, जो प्रत्येक व्यक्ति के गुणों पर विश्वास करता हो, और उसके उज्ज्वल पक्ष को ही महत्त्व देता हो, तथा जो केवल सौन्दर्य व शिव ही निरखता हो, जबकि अन्य लोग केवल भद्दापन व कुरूपता ही देखते हैं। **किसी राष्ट्र के निर्माण के लिए ऐसा व्यक्ति वांछनीय है, जो इस बात में निष्ठा रखता हो कि अंततः असत्य पर सत्य की, कलह पर शांति की, घृणा पर प्रेम की, पाप पर पुण्य की, अंधकार पर आलोक की और मृत्यु पर जीवन की विजय होगी। ऐसे व्यक्ति ही वस्तुतः सच्चे राष्ट्र-निर्माता होते हैं।**

जे कुक एक विख्यात उद्योगपति बनकर गुज़रे। उनके अपने जीवन में कई उतार-चढ़ाव आए। अपनी आयु के 51 वें वर्ष में वे लखपती थे, किन्तु 52 वां वर्ष ऐसा दुर्भाग्यपूर्ण रहा कि सब पूंजी घाटे की भेंट चढ़ गई, ऊपर से कई लोगों के देनदार हो गए और फूटी कौड़ी भी उनके पास न रही। किन्तु कुक महोदय निराशा में, हाथ पर हाथ रखकर बैठने वाले न थे। उन्होंने अपना काम नये सिरे से शुरू किया और पुनः धनाढ्य हो गए। उन्होंने अपने तीन हज़ार ऋणदाताओं में से प्रत्येक की पाई-पाई चुका दी और इस प्रकार इस महान धनपति ने अपनी संकल्प-शक्ति व अध्यवसाय से दूसरों की देनदारी चुका कर फिर से अपने-आपको जमा लिया। एक भेंटकर्ता ने उनसे एक बार पूछा कि, "आप फिर से धनी कैसे हो गए?" इस पर उन्होंने उत्तर दिया, "बड़ी सीधी-सी बात है कि माता-पिता के रक्त में मिला स्वभाव मैंने कभी नहीं छोड़ा। मेरे बालपन की अनुभूतियां कुछ ऐसी रही हैं कि आशावादिता मुझमें कूट-कूटकर भर गई। निराशा के साये में मैं आज तक नहीं आया। मेरा जीवन-दर्शन यह रहा है कि प्रत्येक युग, और उस युग के प्राणी उससे कहीं अच्छे होते हैं जैसाकि प्रायः लोग उनके बारे में अपनी धारणा रखते हैं। मुझे यह तो विश्वास था ही कि अमरीका में धन-दौलत की कमी नहीं है ; अब **ज़रूरत सिर्फ इस बात की थी कि काम में जुटा जाए। सो मैंने वैसा किया। बस, जीवन में मेरी सफलता का**

यही रहस्य है। सदा हर बात का उज्ज्वल पक्ष ही लेना चाहिए।"

"सब कुछ चला गया!" घर पहुंचकर न्यूयार्क के एक व्यापारी ने निराश स्वर में कहा। किन्तु जब वह कुछ स्वस्थ हुआ,तो उसने ठंडे दिल से सोचा और पाया कि अभी बहुत कुछ शेष है—उसकी पत्नी है,बच्चे हैं ; और जो सर्वोपरि है,वह है भगवान की महान कृपा।

संसार के प्रसिद्ध यूनानी दार्शनिक अरस्तु ने कहा है कि **जब कोई व्यक्ति विपदाओं एवं संकटों को अज्ञान से नहीं, बल्कि उदात्त मन से तथा हंसी-खुशी से झेलता है, तो दुःख भी दुःख दिखाई नहीं देता, उसमें गरिमा आ जाती है।**

जब गैरिसन महोदय बोस्टन नगर के कारागार में बन्दी थे,तो वे कहा करते थे, "इस कारा में भी मेरे दो प्रेरणादायक संगी हैं—एक अन्तःकरण और दूसरा प्रफुल्ल मन।"

बीचर महोदय ने लिखा है, "बहिष्कार हो उन लोगों का, और वे दूर ही रहें, जो जीवन की डगर पर कोसते-झीखते चलते हैं, और जो जीवन-भर जन्नत के परिन्दों अथवा परियों की फिराक में ही आयमान ताका करते हैं। जो व्यक्ति मुस्करा नहीं सकता, और प्रसन्नचित्त नहीं हो पाता, उसे अपने बारे में सोचना चाहिए, और देखना चाहिए कि आखिर बात क्या है क्योंकि उसकी स्थिति वस्तुतः शोचनीय है। उसे तब तक उपवास रखना चाहिए और ईश्वर के समक्ष प्रार्थना करनी चाहिए, जब तक उसका मुख तेज से आलोकित नहीं हो उठता, और मुस्कराहट फूट नहीं पड़ती।"

महान धार्मिक नेता मार्टिन लूथर हमें बताते हैं कि एक बार वे अत्यन्त निराश हो गए—इतने कि स्वयं पर, संसार पर, ईसाई धर्म-संस्थाओं—यानि गिर्जाघरों पर और तब तक प्राप्त (जैसाकि उस समय लगता था) 'सफलता' पर उद्विग्न हो उठे, और निराशा उन पर बुरी तरह हावी हो गई कि उनका पूरा घर शोक-संकुल हो उठा। उनकी विदुषी पत्नी तक अपनी मधुर वाणी एवं मनोनुकूल कार्यों से उस निराशा को दूर न भगा सकी। आखिर, उसे यह मनोरंजक युक्ति सूझ गई, जो उपयोगी सिद्ध हुई। वह बुरी तरह से शोक मनाती और विलाप करती

हुई नाटकीय ढंग से लूथर महोदय के सम्मुख जा उपस्थित हुई।

"कौन मर गया है?" लूथर महोदय ने पत्नी से पूछा। "ओह! क्या तुम्हें नहीं मालूम, मार्टिन! जनत में खुदा चल बसा है!"

"यह सब क्या अनाप-शनाप बके जा रही हो, कैथी! खुदा कभी मरा है? वह कैसे मर सकता है! क्यों,खुदा तो अमर है,और वह अनादि है, अनन्त है!"

"क्या यह सच है?" वह अभी तक बन रही थी और अपने अभिनय को लम्बा करने का यत्न कर रही थी। उसने यह प्रश्न ऐसे स्वर में किया था, मानो उसे लूथर की इस बात पर विश्वास ही न आ रहा था।

"तुम्हें संदेह क्यों हो रहा है? जितनी यह बात सत्य है कि जन्नत में कोई खुदा है, वह ईश्वरवादी दृढ़ता से बोला, "उतना ही यह भी सत्य है कि वह कभी मर नहीं सकता।"

"और इस पर भी," पत्नी ने ऐसे स्वर में अपना कथन जारी रखा जिससे चौंककर लथर ने उसके चेहरे की ओर देखा,"यद्यपि तुम्हें इसमें कोई सन्देह नहीं कि खुदा है, तुम ऐसे निराश हो गए हो जैसे खुदा मर गया हो।"

खैर, निराशा का जादू अब तक टूट गया था। लूथर महोदय कहकहा लगाकर हंसे, "मैं समझ गया," लूथर महोदय ने टिप्पणी की, "कि मेरी पत्नी कितनी अक्लमन्द है, जिसने मुझे निराशा से छुटकारा दिला दिया है।"

जीन पॉ रिचर का सपना कि 'खुदा नहीं है' संसार के सम्पूर्ण साहित्य की अत्यन्त उदासीन कृतियों में से एक है, "...एक प्रलयकारी हलचल, कोई वरद हस्त नहीं,कोई अनन्त परमपिता नहीं।...बेचैनी में डूबे एकाएक मेरी नींद खुल गई। मेरी आत्मा आनन्द से गद्गद हो उठी कि वह पुनः अनन्त पिता की पूजा-अर्चना कर सकती है। और जब मैं शय्या से उठा, तो मुझे अखिल प्रकृति का मधुर एवं शान्तिप्रद संगीत तरंगित होता हुआ सुनाई दिया, मानो संध्या-बेला में मन्दिरों में घंटियां घनघना रही हों।"

4

दैनिक जीवन में मनोरंजन

हमारे जीवन की सफलता के लिए दस उपकरण आवश्यक हैं—पहला पाचन-शक्ति, और दूसरे नौ—धन-सम्पत्ति! कम से कम हमारे आधुनिक दार्शनिक तो ऐसा ही कहते हैं। तथापि 'ए जेंटल लाइफ' नामक पुस्तक के लेखक महोदय का यह कथन अपेक्षाकृत अधिक उचित लगता है कि इस दिव्य सृष्टि में सहस्रों ही आनन्द ऐसे हैं जो जीव-धारी-मात्र के लिए नितान्त आवश्यक हैं।

केवल वही व्यक्ति जीवन में सुखी रह सकता है जो अपने आस-पास की यथार्थ परिस्थितियों में से ही आनन्द प्राप्त करना जानता है और जो आदर्श स्थिति की प्रतीक्षा में नहीं बैठा रहता। जो व्यक्ति सुखी जीवन के इस रहस्य को जान पाता है, वह कभी कल्पित परिस्थितियों तथा आदर्श वातावरण की बाट नहीं जोहेगा, और न वह उस दिन का इन्तज़ार करेगा, जबकि (आज से एक साल बाद) वह धनाढ्य हो जाएगा, अथवा संसार के महान कलाकारों की कृतियां अपने चहुं ओर जुटा सकने में सक्षम हो जाएगा; **बल्कि वह तो आज के यथार्थ जीवन से, जिसे वह जी रहा है,**

अधिक से अधिक आनन्द प्राप्त करने की चेष्टा करेगा—वह 'आज' का अधिक से अधिक उपभोग करना चाहेगा।

स्वर्ग यदि कहीं है, तो वह यहीं है, नहीं तो कहीं नहीं है। आप जहां भी हैं, आपको प्रसन्न रहना चाहिए, अन्यथा आप कभी भी प्रसन्नता प्राप्त नहीं कर सकेंगे।

काम के घण्टों में आदमी नहीं टूटता, बल्कि उसका मन उसके बाद अवकाश में ही कुण्ठित होता है। लोगों को चाहिए कि वे प्रसिद्ध उद्योगपति फिलिप आर्मर की भांति, दिन का काम निबटा चुकने के बाद, उसे एकदम भूल जाएं तथा किसी आह्लादकारी मनोरंजन को अपना लें। डाक्टर लिमैन बीचर वायलिन बजाकर मनोविनोद किया करते थे। मानसिक तनाव दूर करने के लिए वे नियमित रूप से वायलिन बजाते और इस प्रकार वे काम से उत्पन्न थकान से छुटकारा पाते थे।

डाक्टर जॉनसन कहा करते थे, "व्यक्ति को अपने दैनिक जीवन का कुछ समय हंसोड़ व्यक्तियों की संगति में बिताना चाहिए।"

विनोदी वृत्ति अमरीकी राष्ट्रनायक लिंकन के लिए तो एक तरह से सम्बल ही थी। लिंकन की भांति हज़ारों लोग रसिकता के इस गुण से जीवन-तत्व की रक्षा करने में समर्थ हुए हैं। लिंकन कहा करते थे,"यदि विनोदी वृत्ति मुझमें न हो, तो मर ही जाऊं।" उनका हास-परिहास, दिलचस्प किस्से-कहानियां महान राष्ट्र की उस अंधेरी घड़ी में भी एक बार तो मन को आलोकित करके रख देते थे।

एग्रेस स्ट्रिकलैण्ड महाशय का कथन था, **"संसार में नैतिकता के उपरान्त मनोविनोद ही एक अनिवार्य जीवन-घटक है।"**

प्रसिद्ध न्यायाधीश हैलिबर्टन महोदय कहते थे, "साज़ खोल देने पर तो जुता घोड़ा तक हर्ष-विभोर होकर अपनी एड़ियां उछालने लगता है।"

सम्पादकाचार्य चार्ल्स डाना ने एक बार अपने एक मित्र को, जो असमय में बुढ़िया रहे थे, परामर्श देते हुए कहा था, "मैं तो भई, सुबह से शाम तक मनोरंजन ही मनोरंजन करता रहता हूं। क्या तुम उपन्यास नहीं पढ़ते, बिलियर्ड नहीं खेलते और लम्बी सैर नहीं करते?"

इंगलैण्ड के महान राजनीतिज्ञ ग्लैडस्टोन हर चीज़ का अच्छा पहलू ही देखते थे। सरकारी मामलों की चिंता में ग्रस्त होकर वे कभी अपनी नींद में खलल नहीं होने देते थे।

खुले मैदान में खेले जाने वाले अनेक खेल हैं,जो मनोरंजन प्रदान कर सकते हैं। कुछ लोग तो प्रकृति के संस्पर्श-मात्र से पुलकित हो उठते हैं। यह बात कितनी सत्य है कि जब हम प्रसन्न व संतुष्ट होते हैं, तो प्रकृति हमारे संग मुस्कराती है—वायु अधिक सुखद लगती है, आकाश अधिक निर्मल दीखता है, धरती अधिक हरियाली दिखाई देती है, वृक्ष अधिक सघन मालूम होते हैं, पुष्प अधिक सुरभित प्रतीत होते हैं, पक्षियों का कलरव मधुर हो उठता है,और सूर्य, चांद तथा सितार—सभी कुछ अधिक सुन्दर एवं सुषमामय लगता है। **जीवन एक अनमोल वस्तु है—ब्रह्ममुहूर्त में आंखें खोलना, और बाहर प्राकृतिक वातावरण में आकर सृष्टि को निहारना, नासापुटों के द्वारा फेफड़ों में ताज़ा और शुद्ध वायु का सेवन करना, सूर्य के उज्ज्वल आलोक को निरखकर आनन्दलाभ करना और शरीर के अणु-अणु में चेतना की पुलक अनुभव करना—ये सब अमूल्य अनुभूतियां ईश्वरीय वरदान हैं।** जीवन अपने में एक महान निधि है, और यह दुनिया, जिसमें हम रहते हैं, अपनी बुराइयों के बावजूद जिन्हें ढूंढ़ने का हमें मानो व्यसन है, एक सुन्दर दुनिया है।

हमारे चारों ओर ऐसे-ऐसे वरदान बिखेरे पड़े हैं जिनका हम दिन-रात सपना देखा करते हैं। किन्तु विडम्बना यह है कि हम उनकी खोज नहीं कर पाते। इनमें से प्रत्येक व्यक्ति की प्रत्येक अभिलाषा अपने आस-पास पूरी हो सकती है। इसके लिए मात्र यत्न करने की आवश्यकता है, और आवश्यकता है,आनंदी मनोवृत्ति की।

सुख की खोज

वह व्यक्ति अत्यन्त विवेकी है जो नित्य-प्रति आशामयी भावना को लेकर चलता है और 'आज' में अधिक से अधिक सुख की खोज करने का प्रयास करता है। वह अपनी दृष्टि को इसी प्रकार साध लेता है कि उसे हरेक पदार्थ में, और प्रत्येक स्थान पर सौंदर्य एवं आनन्द ही दिखाई देता है।

महान दार्शनिक कवि गेटे का कथन है, "व्यक्ति को नित्य-प्रति कम से कम एक लघु गीत अवश्य सुनना चाहिए, कम से कम एक सुन्दर कविता अवश्य पढ़नी चाहिए तथा कम से कम एक चित्ताकर्षक व कलात्मक चित्र अवश्य देखना चाहिए। और यदि संभव हो, तो कम से कम थोड़े-बहुत विचारपूर्ण शब्दों को अभिव्यक्ति अवश्य देनी चाहिए।" यदि गेटे का यह संदेश किसी एक व्यक्ति के लिए कल्याणकारी सिद्ध हो सकता है, तो क्या सभी के लिए लाभप्रद न होगा?

जो कार्य आपके व्यक्तित्व को तनिक भी सम्पन्न नहीं बनाता, आपके हृदय को कभी भी हर्षित नहीं करता और न कभी आपकी आत्मा को आनन्द प्रदान करता है, उसमें लगातार कोल्हू के बैल की तरह जुते रहने से क्या आपके अंतःकरण का संगीत एवं कविता मर न जाएगी? क्या नियंत्रित कल्पना-शक्ति आपके मन-मस्तिष्क को मनोरम चित्रों से परिपूर्ण करेगी? कदापि नहीं। जिस व्यक्ति की अभिरुचियां कलात्मक एवं बौद्धिक हैं और जो बौद्धिक साधनों से आनन्द-लाभ करने में प्रवीण है, उसके लिए नित्य-प्रति स्वस्थ मनोरंजन जुटाने के साधनों का अभाव नहीं हुआ करता।

क्रिश्चियन धर्म के प्रख्यात प्रधान धर्माध्यक्ष व्हेटली महोदय का कथन है, "हमें अपने मन-मस्तिष्क में केवल उत्पादक एवं सर्जक कर्मठता का ही विकास नहीं करना चाहिए बल्कि आनन्द-स्थलों एवं आमोद-प्रमोद-गृहों का भी निर्माण करना चाहिए। संतुलित जीवन उल्लास एवं सुख का आगार है। **संतुलित जीवन से अभिप्राय है–एक व्यक्ति में सद्गुणों का संयोग, शान्त स्वभाव, स्पष्ट निर्णय-बुद्धि तथा अनुकूल शक्तियों व क्षमताओं का समन्वय।**

इस सन्दर्भ में एक मनोरंजक तथ्य प्रस्तुत है,जो अमरीका के महान उद्धारक राष्ट्रपति लिंकन के व्यक्तिगत जीवन से सम्बद्ध है। लिंकन महोदय को एक आदत थी-वे अपने डेस्क के एक कोने में हास्य रस की पुस्तक रख छोड़ते थे। जब कभी वे काम करते-करते थक जाते, परेशान हो जाते अथवा निराश हो उठते, तो प्रायः वे उस पुस्तक को उठा लेते और उसका एक-आध प्रकरण बड़े मज़े ले-लेकर पढ़ते। इससे उनका मन प्रफुल्लित हो उठता था, जिससे वे काम करने के लिए एक बार फिर से ताज़ादम हो उठते थे।

स्वस्थ, विवेकपूर्ण बुद्धि-विलास अथवा बेसिर-पैर का निपट प्रलाप-मनो

विनोद का कोई भी प्रकार, जो हृदय में उल्लास एवं उमंग का संचार करे, और व्यक्ति को अधिक प्रफुल्ल,अधिक रसिक एवं अधिक ज़िंदादिल बना दे–यह सब ईश्वरीय वरदान है।

साहित्य के संसार में जो पुस्तकें उत्कृष्ट एवं प्रेरणाप्रद होती हैं, वे प्रत्येक व्यक्ति के दैनिक जीवन का सहज रूप में अंग बन जाती हैं। सुन्दर उपन्यास, कहानियों, नाटकों, यात्रा-वृत्तों, इतिहास ग्रन्थों और जीवनियों तथा आत्म-कथाओं आदि साहित्य के विविध प्रकारों के प्रति अभिरुचि होने से बढ़ कर आनन्ददायी एवं कल्याणकारी बात और क्या हो सकती है!

अमरीकी राष्ट्र के निर्माता एवं उन्नायक फ्रैंकलिन महोदय एक स्थान पर लिखते हैं, “मेरे दफ्तर के पास ही, थोड़ा चलकर एक शिल्प शाला थी। उसमें कई शिल्पकार काम करते थे, किन्तु उनमें से एक ने तो बरबस मेरा ध्यान आकर्षित कर लिया था। बात यह थी कि उसे जब भी मैं देखता, वह सदैव आनन्द एवं मौज में ही नज़र आता-ज़िन्दादिली तथा रसिकता सदैव उसके चेहरे पर अठखेलियां करती रहती। जो भी उससे मिलता, या जिससे भी वह मिलता, उसके साथ वह बड़ी सहृदयता से पेश आता। दिन कितना भी बेढब क्यों न हो, मौसम कितना भी खराब क्यों न हो-कड़ाके का जाड़ा हो या घटाटोप अन्धकार, अथवा दिन भर सूर्य देवता के दर्शन भी न हों-पर उसके चेहरे पर मन्द मुस्कान तैरती रहती। एक दिन सुबह मैंने उसे जा पकड़ा और पूछा, ‘अरे भई, तुम्हारी इस सदा बहार प्रसन्नता का रहस्य क्या है-ज़रा हमें भी तो बता दो?’

“वह हंसकर बोला,’ डाक्टर साहब, इसमें रहस्य क्या है! बात महज़ इतनी है कि किस्मत का सिकन्दर हूं, बीवी बड़ी भागवान मिली है मुझे-लाखों में एक! इतनी सेवा करती है कि आपसे क्या कहूं! सुबह जब काम-काज के लिए घर से निकलता हूं, तो वह अपने मधुर वचनों से मुझे विदा देती है और शाम को जब मैं कारखाने से थका-मांदा आता हूं, तो वह मुस्कराकर मेरा स्वागत करती है। इसके बाद गर्मागर्म चाय से, जो निश्चित रूप तैयार ही मिलती है, वह मेरा सत्कार करती है। जिस समय मैं कारखाने में कार्य कर रहा होता हूं, वह घर बैठी सैकड़ों छोटे-मोटे काम, जो मुझे अच्छे लगते हैं, करती रहती है, ताकि जब मैं कारखाने से लौटूं तो खुशी से भर उठूं। अब भला आप ही बताइए, इतनी प्रसन्नता एवं सुख के होते हुए मैं कैसे किसी से

उलटी-सीधी बात करूं-मेरा दिल मेरी किस्मत पर फूला नहीं समाता कि मुझे ऐसी बीवी अच्छी मिली!' "

आदर्श एवं प्रसन्न घर-परिवार, जो मेरे देखने में आए हैं,जहां व्यवहारपटुता, विवेक, शांति और परस्पर-अनुकूलता का साम्राज्य होता है, उनमें से कुछेक परिवार तो निर्धन वर्ग के लोगों के भी रहे हैं। इन निर्धन किन्तु सुखी घरों में न तो मुझे फर्श पर कीमती गलीचे और कालीन बिछे मिले,न भित्तियों पर मूल्यवान कलाकृतियां टंगी दीखीं, और न उन घरों में पियानो सरीखे वाद्यवृन्द, न कोई पुस्तक-कक्ष आदि ही दिखाई पड़े। परन्तु वहां उन परिवारों में सन्तोष अवश्य विराजमान था–**परिवार के सदस्यों का मन-मस्तिष्क संतुष्ट व पुलकित था, हरेक का जीवन कर्तव्य-परायणता एवं निस्वार्थता का उज्ज्वल उदाहरण था। हर सदस्य से जितना बन पड़ता था, सारे घर की खुशहाली के लिए हाथ बंटाता था और वाक्पटुता, व्यवहार-कौशल एवं विवेक-बुद्धि तथा सहृदयता के द्वारा अपने परिवार की परिस्थितियों एवं निर्धनता के वातावरण में पैदा हुए अभावों की पूर्ति करने में तत्पर रहता था।** इस प्रसंग में निम्नलिखित पंक्ति प्रेरणा-स्रोत सिद्ध हो सकती हैं :

एक प्रफुल्लचित्त, तेजस्वी एवं सन्तोषी व्यक्ति पूरे घर-परिवार की, उसके सभी सदस्यों की अभिरुचियों का परिष्कार करेगा,घर की सुख-सुषमा की कुंजी परिवार के उसी सदस्य के हाथों में रहती है। जो निस्सन्देह प्रफुल्ल रहता है,वही घर का पथ-प्रदर्शक होता है, उसी की सम्मति सर्वोपरि होती है।

कहा भी तो गया है,"युवा पुरुषों की प्रकृति प्रायः उदंडता, धृष्टता, असभ्यता की ओर उन्मुख होती है। उनके आचरण में दुर्गुण बुरी तरह घर कर जाते हैं। उनके आचार-विचार और व्यवहार में उस मृदुता का तथा वाणी में उस मधुरता का सर्वथा अभाव होता है जो मात्र किसी नारी के सम्पर्क से ही प्राप्त हो सकती है, क्योंकि उसमें सुकुमार अन्तःप्रेरणा, सहज विवेक, संवेदनशीलता एवं भावमयता विद्यमान होती है। नर एवं नारी के प्रकृतिगत गुणों के सुन्दर समन्वय से दोनों के व्यक्तित्व में सम्यक् विकास होता है-अर्थात् एक-दुसरे की जातिगत विशेषताओं को अपने भीतर अपनाने से चरित्र में असाधारण निखार आ जाता है।"

जिस महिला में अनुराग की अद्भुत शक्ति विद्यमान होती है, वह वस्तुतः

घर की रानी होती है। प्रसिद्ध साहित्यकार वाशिंगटन इर्विन कहते हैं, "मैंने अनेक अवसरों पर नारी में अनन्य धैर्य देखा है, जिसके साथ वह कमर तोड़ने वाली विपदाओं एवं उलट-फेरों का सामना करती है। वे आपदाएं और संकट, जो पुरुष की रीढ़ ही तोड़ डालते हैं तथा उसे चारों खाने चित्त कर देते हैं, उल्टे कोमलांगी नारी की सम्पूर्ण अन्तःशक्तियों एवं अन्तःप्रेरणाओं का आवाहन करते हैं ; ऐसे अवसरों पर नारी की सामर्थ्य तथा सहन-शक्ति देखते ही बनती है!"

यदि कोई पत्नी अपने घर को साफ-सुथरा रखने में सक्षम नहीं है, जिससे उसका पति यह अनुभव करे कि संसार में उसके लिए यदि कोई सबसे स्वच्छ एवं मधुर स्थान है, जहां वह विश्राम कर सकता है, तो वह उसका अपना घर ही है, तब तो उसके पति का ईश्वर ही मालिक है, क्योंकि वह तो वास्तव में सर्वथा बेघर-सा ही है। लांगफेलो महोदय का कथन है, "अपने घर से प्रेम करने वाले और उसके प्रति निरन्तर आकर्षण अनुभव करने वाले व्यक्ति ही संसार के सबसे अधिक सुखी प्राणी हैं।" पतिपरायण पत्नी और स्नेहमयी मां से क्या तात्पर्य है? क्या वे मनुष्य के लिए वरदान नहीं हैं?–पवित्र एवं कोमल वरदान जो ममता के ऐसे असीम स्रोत हैं कि ईश्वर ही उनकी थाह ले सकता है। मानवता की इन विभूतियों का सृजन घर के वातावरण को विमल बनाने के लिए, परिवार के प्राणियों की पीड़ा हरने के लिए तथा कष्ट के समय में उनको सांत्वना देने के लिए तथा घर के अतिरिक्त समाज व विश्व को आलोकित करने के लिए हुआ है। ये वरदान इतने अनमोल हैं कि इनका मूल्य केवल वही व्यक्ति आंक पाता है जिसे अपनी मां के ममता-भरे आंचल की छाया-तले रहने का भरपूर सौभाग्य प्राप्त हुआ हो, अथवा वही व्यक्ति महत्त्व समझ सकता है जिसे किसी भीषण संकट में जब दुनिया में सब छोड़ गए हों, उसकी पत्नी ने उसके हृदय में ईश्वर के प्रति अटूट आस्था जगा दी हो।

इस प्रसंग में एक अत्यन्त रोचक किस्सा स्मरण आ रहा है। न्यूयार्क नगर के निवासी जोसेफ एच.चोयट से, जो सेंट जेम्स के न्यायालय में अमरीकी पुरोहित थे, एक भोज में यह पूछा गया कि मान लो जिस स्थिति में वे आज हैं, उसमें भाग्यवश न होते तो उनकी दूसरी साध क्या होती? वे एक क्षण झिझके, मानो मन में संसार के महान व्यक्तियों का स्मरण कर रहे हों, किन्तु उनकी दृष्टि अपनी पत्नी पर जा टिकी,जो खाने की मेज़ के दूसरी ओर बैठी उन्हें बड़ी उत्कण्ठा से देख रही थी, और

उन्होंने तुरन्त उत्तर दिया, “यदि मैं वर्तमान स्थिति में न होता, तो भी मैं निःसंदेह श्रीमती चोयट से विवाह करना चाहता।”

क्या सुन्दर सूक्ति है,“मीठी वाणी एक मधुकोष के समान है, जो आत्मा को मधुरता प्रदान करती है, और शरीर को स्वास्थ्य।” ओछी श्रेणी के कलह-क्लेश, पर निंदाएं, कानाफूसियां, कुत्सित भावनाएं, कटु आलोचना, चिड़चिड़ापन, अधीरता, निर्लज्जता तथा कड़वा स्वभाव, जो घर की शांति को हर लेते हैं, और बहुधा अशांति का कारण हुआ करते हैं। रोजर्स महोदय ने ख्यातनामा लॉर्ड हॉलेण्ड के तेजोमय चेहरे के विषय में टिप्पणी करते हुए कहा था, वह नाश्ते की मेज़ पर नित ऐसा प्रसन्नचित्त आता है मानो अभी-अभी किसी गढ़े खज़ाने का सुराग लगाकर चला आ रहा हो।” यदि परिवार के प्रत्येक सदस्य में सतत प्रफुल्ल रहने की यह प्रवृत्ति पनप पाती, तो दुनिया की घर-गृहस्थियां न जाने कितनी समृद्धि को पा जातीं!

जीवन में मधुर वाणी के महत्त्व का वर्णन चाची जेरूशा ने ‘ज़िआन हेराल्ड’ नामक पत्र से सम्बद्ध हमारे एक मित्र से इन शब्दों में किया था :

“कितना अच्छा हो, यदि लोगों का अंतिम संस्कार उनके जीवन में ही, उनकी आंखों के सम्मुख ही, सम्पन्न हो जाया करे, और उसके बाद वे जीवन जीएं तथा जीवन-संघर्ष में जूझें।” चाची जेरूशा ने लम्बी आह भर कर अपने हृदय का उद्गार प्रकट किया था। तब वे श्रीमती ब्राउन की अन्त्येष्टि-क्रिया से लौट रही थीं। वे सोच रही थीं कि न जाने ब्राउन की बीवी को जीवन के विषय में अपनी निराशा को लेकर कितनी ग्लानि होती, यदि कहीं उसने अंत्येष्टि के समय पर पुरोहित द्वारा अभिव्यक्त ये शब्द सुन लिए होते,“संतप्त आत्मा! काश, वह जान पाती कि सारा परिवार मन ही मन उसे कितना चाहता था!” चाची ने पूरा ब्योरा देते हुए कहा :

“बात यह हई कि ब्राउन की बीवी अपने पति की दुष्प्राकृति के कारण निराश और जीवन के प्रति हतोत्साहित हो उठी थी। तुम शायद जानते हो-वह छोटा पादरी ब्राउन-उसकी यह आदत थी कि हर चीज़ का दोष वह अपनी पत्नी के मत्थे मढ़ दिया करता। मेरा खयाल है कि वह ऐसा जान-बूझकर नहीं करता था, यह तो उसकी आदत थी। किन्तु यह अत्यंत भयंकर और घातक आदत है ; यह हृदय को बेध कर

रख देती है। जब कोई वस्तु फट जाती अथवा टूट जाती तो वह ऐसे व्यवहार करता मानो उसकी बीवी ने ऐसा जान-बूझकर किया हो। बस फिर क्या होता, घर-भर में बेबात की बात को लेकर कोहराम मच जाता।

"और पुरोहित बता रहा था कि जब छोटा पादरी अपनी जवान पत्नी को यहां लाया था, तब चारों ओर जंगल ही जंगल था, किन्तु उसकी पत्नी ने सब कठिनाइयां धैर्य व शांति से झेलीं—कितनी सुन्दर, सुशील पत्नी थी वह! यह सब पुरोहित को कहां से पता लगा?—छोटे पादरी ने ही तो स्वयं उसे यह जानकारी दी थी।...बेटे, मेरे बेटे! यदि पादरी ने वह सब-जो वह अपनी पत्नी के बारे में दिल में सोचता था-स्वयं उसको भी बता दिया होता तो मेरा विश्वास है कि उसने उसे इतनी जल्दी मरने से बचा लिया होता!

"और पुरोहित कह रहा था, बच्चों को न जाने मां की कितनी याद आएगी, तो उसके स्वर से ऐसा जान पड़ता था मानो बच्चों से मां के मरने का दुःख सहा न जाएगा-वे रो-रोकर बावले हो जाएंगे।

"मैं केवल कल्पना ही कर सकता हूं कि बच्चे कितने विह्वल और व्याकुल होंगे, क्योंकि उनकी मां उनमें से एक न एक के लिए कुछ न कुछ करती ही रहती थी। उसके हृदय में उनके प्रति बेहद ममता थी। जब उसकी आत्मा की शांति के लिए प्रार्थना की जा रही थी, तो मेरे मन में यह विचार आए बिना न रहा कि ब्राउन की पत्नी की आत्मा को शांति प्राप्त करने का अभ्यास तो होते-होते ही होगा, क्योंकि जीवन में तो उसे शांति पाने का अवसर ही नहीं मिला था।

"फूलों से उसे बेहद प्यार था। फूलों की संगति-फुलवाड़ी का साथ यदि उसे मिला होता, तो वह अत्यंत आनंदित हो सकती थी। फूलों को देख-देखकर वह खिल उठती थी। इसमें आखिर बुराई ही क्या है, फूल होते भी तो मनमोहक हैं-उनको देखकर उल्लसित होना स्वाभाविक है। लेकिन तुम्हें क्या बताऊं, छोटा पादरी उसे एक क्यारी में फूल उगाने देने के लिए सहमत ही नहीं हुआ। वह कहता था कि फूलों की अपेक्षा क्यारी में मोटी-मोटी बंदगोभियों को उगते देखना कहीं अधिक सुन्दर एवं मनोहर है। किन्तु ब्राउन की बीवी के मन में मधुर सुगन्धमय फूलों के प्रति लालसा बनी रहती-और वह एक तरह से अपनी इस अभिलाषा के लिए तरस-तरस जाती। वह जीवन-भर फूलों के लिए तरसती ही रही।

"... लेवी, क्या कहा तुमने?—'क्या रात के खाने को अबेर हो गई?'... हां, भगवान तेरा भला करे, देर तो हो ही गई है।...मैं कुछ चिन्ताग्रस्त हो गई थी, जिससे मुझे खाने की सुध ही नहीं रही। दरअसल बात यह है कि मैं कुछ सोच में पड़ गई थी। अच्छा, लेवी पुरोहित से मेरे बारे में कुछ कहने की ज़रूरत नहीं। और सुनो, क्या कद्दू की कचौरियां स्वादिष्ट बनी हैं? तुम चलते-चलते ही बताते चलो कि वे कैसी हैं,और तुम्हें अच्छी लगीं कि नहीं। शोक-सभा के कारण बात-बतौवल तक बंद कर देना कहां की तुक है! ऐसे में सब काम-धाम रुकने लगे, तो चल चुकी दुनिया!"

सुखी गृहस्थी का महान रहस्य यह है कि अपने हृदय में जो प्रेम, स्नेह एवं ममता है, उसको वाणी दीजिए।

गेटे की एक प्रसिद्ध सूक्ति है, "जिसके घर में सुख-शांति का साम्राज्य है, वह राजा हो या किसान, संसार का सबसे अधिक भाग्यशाली व्यक्ति है।"

गम्भीर प्रकृति के ऐसे अनेक माता-पिता होते हैं जो अपने परिवार को 'हंसोड परिवार' की उपाधि से पड़ोसियों में ख्याति पाते नहीं देखना चाहते। यदि उनकी यह धारणा पहले जैसी हो तो वे कम से कम यह तो कर ही सकते हैं कि अपने शंका-समाधान के लिए बाइबल के उस स्थल को पढ़ें जहां कहा गया है, "अपनी संतान को क्रोधित न करो।" बाइबल के इस कथन का अर्थ है-अपनी संतान को उत्तेजित न करो ; उसका अनुचित दमन न करो।

बच्चों के मन पर यह प्रभाव कदापि न पड़ना चाहिए कि इस संसार में निराशा ही निराशा है, उदासी ही उदासी है, और प्रफुल्लता एवं आनंद के लिए इसमें कोई स्थान नहीं। घर में ऐसी हंसी-खुशी और उल्लास व्याप्त होना चाहिए कि उस वातावरण में बच्चों के जीवन का पूर्ण विकास हो सके और उनका रूप उज्ज्वल से उज्ज्वलतर और सुन्दर से सुन्दरतर होता चला जाए। उनके नन्हे-नन्हे हृदयों को बाल सुलभ प्रसन्नता से गुदगुदा देने के लिए घर में छोटे-छोटे साधन-खिलौने आदि उपलब्ध होने चाहिए और उनके बाल्य जीवन में ऐसे छोटे-छोटे अवसर आते रहने चाहिए जबकि वे खिलखिला सकें, चहचहा सकें और किलकारियां भरते व अठखेलियां करते दृष्टिगोचर हों।

हमारा पारिवारिक जीवन कितना सुखमय हो उठे, यदि सोते समय में हमारा नन्हा बालक कह सके, "हमारा आज का दिन कैसा मधुर एवं मनोरंजक रहा!"

सिडनी स्मिथ महोदय का कथन है, "प्रेम देना एवं प्रेम ग्रहण करना मानव-जीवन की महानतम उपलब्धि है।"

5

पर-दुःख-कातरता

एक दिन फ्रांस के विख्यात चित्रकार यूजीन डिलेक्रॉइक्स तथा प्रसिद्ध धनाढ्य 'बैरन'[1] जेम्स रॉथशिल्ड एक साथ 'डिनर' ले रहे थे। बातचीत में प्रसंगवश चित्रकार ने बैरन को बताया कि पिछले काफी दिनों से यह मॉडल के रूप में किसी ऐसे व्यक्ति की खोज कर रहा है, जिसका शीर्ष भाग उसके बन रहे एक चित्र में ठेठ भिखारी के अनुरूप चित्रित किया जा सके। कहते-कहते चित्रकार ने बैरन पर यह भी प्रकट किया कि ज्योंही उसने बैरन की मुखाकृति की रूपरेखा को सूक्ष्मता से देखा, उसके मन में एकाएक यह विचार कौंध गया कि जिस 'मॉडल' की उसे इतने दिनों से तलाश थी, वह अंततः उसे मिल गया है। बैरन रॉथशिल्ड उत्कृष्ट कलाप्रेमी था। वह भिखारी के मॉडल के रूप में बैठने को तैयार हो गया। अगले दिन स्टूडियो में डिलेक्रॉइक्स ने बैरन के कंधों पर भिखारियों का सा चोगा डाल दिया, एक लकुटिया उसके हाथ में थमा दी, और उसको कुछ ऐसी मुद्रा में खड़ा कर दिया, मानो कोई भिखारी किसी प्राचीन रोमन मन्दिर की सीढियों पर चढते-चढते सुस्ताने को रुक गया हो। बैरन को इस मुद्रा में खड़ा कर चित्रकार कार्यवश थोड़ी देर के लिए चित्रशाला से बाहर चला गया। इतने में चित्रकार का एक पट्टशिष्य संयोगवश वहां आया और उसने बैरन को भिखारी की मुद्रा में खड़ा पाया। युवक कलाकार ने यह समझा कि जिसकी अरसे से तलाश थी यह वही भिखमंगा है और इसे गुरुजी

1. इंगलैंड, फ्रांस आदि देशों में ताल्लुकेदारों की उपाधि।

अभी-अभी कहीं से पकड़ लाए हैं। उसने भिखारी के मॉडल परदया-दृष्टि डालते हुए एक सिक्का उसके हाथ पर रख दिया। रॉथशिल्ड ने भिखारी के से ही लहजे में युवक को दुआ दी और भीख जेब के हवाले की। दाता शिष्य चित्रशाला से चलता बना। डिलेक्रॉइक्स के लौटने पर रॉथशिल्ड ने उससे उस युवक के बारे में पूछा, तो उसे पता लगा कि उस युवक में प्रतिभा तो है, किन्तु उसके पास साधन अत्यन्त सीमित हैं। कुछ ही दिनों में उस युवक को एक पत्र प्राप्त हुआ, जिसमें लिखा था, "दान पर भी ब्याज मिलता है। तमने एक व्यक्ति को भिखारी समझकर जो राशि भीख के रूप में दी थी, उस पर कुल मिलाकर दस हज़ार फ्रांक ब्याज बनता है। यह राशि राथशिल्ड महोदय के कार्यालय में पड़ी तुम्हारी राह देख रही है।"

यह दृष्टान्त भली भांति प्रकट करता है कि बड़ी-बड़ी व्यापारिक चिन्ताओं के होते रहते भी कैसे आनन्द प्राप्त किया जा सकता है, जैसे कि ख्यातनामा उद्योगपति बैरन जेम्स रॉथशिल्ड ने एक चित्रकार के लिए मॉडल का काम करके तथा कला के एक शालीन छात्र के प्रति उपकार का कार्य करके प्राप्त किया।

यह दृष्टान्त विल्हेम-वॉन-हम्बोल्ट के इस कथन को भी चरितार्थ करता है कि "यह विशेष रूप से उल्लेखनीय है कि जब **हम सफलता-असफलता की व्यर्थ चिन्ता छोड़कर अध्यवसाय तथा अनुशासन से अपने को दृढ़ व सतत कर्तव्य-पालन में जुटा देते हैं, तो सफलता स्वयमेव हमारे पास चली आती है।" हमें जीवन का हर दिन अच्छी तरह जीना चाहिए। फल की इच्छा किए बिना, हमें नित्य-प्रति निष्ठा से अपने कर्तव्य का पालन करते जाना चाहिए। बिना इस ऊहापोह में फंसे कि इसमें हम सफल होंगे या असफल, इसका परिणाम सुख होगा या दुःख-हमें सामने आए अवसरों का उपयोग करना चाहिए, और अपनी सामर्थ्य के अनुसार अनथक उद्यम में जुटे रहना चाहिए।** जार्ज हर्बर्ट का यह कथन भी हमें यही निर्देश देता है, "कर्तव्य-पालन की चेतना हमें मध्यरात्रि की निद्रावस्था में संगीतात्मकता प्रदान करती है।"

वही लोग तेजस्वी एवं प्रसन्नमुख होते हैं जो सतत बहने वाली सरिता के समान निरन्तर श्रमशील रहते हैं। परिश्रम की भावना उन्हें सदा आनन्द एवं उत्साह से ओत-प्रोत रखती है। इंगलैण्ड के सुप्रसिद्ध भूतपूर्व प्रधानमंत्री ग्लैडस्टोन का कथन है, "मुझे अपने जीवन में सर्वाधिक आनन्द श्रम से ही प्राप्त हुआ है। छुटपन से ही मुझमें परिश्रम करने की प्रवृत्ति पनप चुकी थी, जो स्वयं में ही एक वरदान सिद्ध

हुई। परिश्रम की इस प्रवृत्ति का अपनी ही एक आनन्द होता है। नवयुवकों की प्रायः यह धारणा होती है कि विश्राम से अभिप्राय सब चेष्टाओं का विराम है, किन्तु मैं तो काम की प्रकृति को बदलकर विश्राम लेता रहा हूं। यदि पुस्तकें पढ़ते-पढ़ते आपका मस्तिष्क थक जाए तो खुले स्थान में निकल जाइए और सुखद धूप तथा ताज़ा हवा में सांस लेते हुए कोई मनपसन्द व्यायाम कीजिए। प्रकृति निरंतर अपना कार्य करती रहती है। उसकी गति में कभी भी तो यति नहीं आने पाती। यहां तक कि हमारा हृदय निद्रावस्था तक में निरंतर धड़कता रहता है। मैं भी प्रकृति के निकट रहने का प्रयास करता हूं और परिश्रम करते हुए प्रकृति का ही अनुकरण करता हूं। इस सतत क्रियाशीलता का फल यह है कि मुझे गहरी नींद आती है, मेरी पाचन-शक्ति अच्छी है, और मेरी अपनी मानसिक एवं शारीरिक क्षमताएं सर्वोत्तम स्थिति में रहती हैं। मैं समझता हूं कि मेरे परिश्रमी स्वभाव का यही प्रमुख वरदान है।"

महानुभाव होरेस मान ने कहा है, "दृढ़ इच्छा-शक्ति एवं अटूट आत्म-विश्वास की प्रवृत्तियों के कारण, मेरे लिए काम करना सदैव ऐसे रहा है जैसे मछली के लिए जल में तैरना। अपने कार्य के विषय में लोगों के ये वाक्य कि 'मुझे यह काम पसंद नही!' अथवा, 'काश, मैं यह धंधा छोड़कर उसे अपना पाता!'—सुनकर मुझे अनेकों बार आश्चर्य हुआ है क्योंकि जब भी मुझे कोई काम करना पड़ा है, मुझे याद नहीं पड़ता कि मैं कभी काम की कठिनाई से डावांडोल हुआ होऊं, बल्कि मैं सदैव मन में यह सोच कर कि 'जो होगा, देखा जाएगा', काम में पिल पड़ता रहा हूं—और जहां तक सफलता-प्राप्ति का प्रश्न है, मुझे हाथ में लिए हर काम में निश्चित रूप से उतनी ही सफलता मिलती रही है जितना कि सूर्य का अस्त होना निश्चित है।"

एक सूक्ति है,"मनुष्य का निजी सुख एक साधारण चीज़ है, किन्तु मनुष्य की व्यक्तिगत उपयोगिता अत्यन्त महत्त्वपूर्ण वस्तु है।" उपर्युक्त सूक्ति का अभिप्राय इस कथन में निहित है कि **"संसार में केवल वही लोग सुखी हैं जिनका मन व्यक्तिगत स्वार्थों से ऊपर उठकर परोपकार की भावना में केन्द्रित होता है।"** ला ब्रूयर का कथन है, "दूसरों की सुख-सुविधा में सहायक होने से जो सुख मिलता है, उसकी अनुभूति अन्य सुखों में सबसे अधिक कोमल एवं हृदयग्राह्य होती है।" हॉथ्रोन ने कहा है, "दूसरों की भलाई करने से जो मन को आन्तरिक आनंद मिलता है, वह सबसे उत्तम आनंद है।" प्रसिद्ध इतिहासकार कार्लाइल का कथन है,"ओह,यह अत्यन्त महान कार्य है—इसके अतिरिक्त संसार में अन्य कुछ भी

महान नहीं कि ईश्वर की इस सृष्टि के किसी कक्ष को अधिक सार्थक, अधिक श्रेष्ठतर तथा ईश्वर की महिमा के अधिक अनुरूप बनाया जाए, कि किसी मानवीय मन को कुछ और विवेकशील, कुछ और सहृदय, कुछ और सुखी तथा कम अभिशापग्रस्त बनाया जाए।" **मानव-सेवा एवं परोपकार की भावना से उत्पन्न आनंद से बढ़कर और क्या बात हो सकती है!**

संयुक्त राज्य अमरीका के भूतपूर्व महान राष्ट्रपति लिंकन ने कहा था, "परमात्मा को जन-साधारण से अधिक प्यार है, क्योंकि उसने उनको अधिक संख्या में सिरजा है-और उच्च वर्ग के लोगों को कम संख्या में।" यह सचमुच एक ईश्वरीय कार्य होगा कि हम सम्पूर्ण मानव-जाति के अधरों तक आनंद-चषक को लगाकर सुख-समृद्धि का प्रसार करें—इससे बढ़कर कोई ऐसा कार्य नहीं जो व्यक्ति को इतना तेजस्वी, गरिमामय एवं महान बना सके।

इसी प्रसंग में एक सूक्ति है, "यह महान आकांक्षा कि दूसरों पर भी ईश्वरीय कृपा हो, एक स्वर्गिक आकांक्षा है।"

जो लोग अज्ञान एवं अंधविश्वास से ढके, अगणित मनुष्यों के मन-मंदिरों में श्रद्धा एवं विश्वास की मधुर मूर्तियां प्रतिष्ठित करने में ही अपना समूचा जीवन लगा देते हैं, उन लोगों की स्मृति इस संसार से कभी न मिटेगी। उनका नाम मानव के इतिहास में अमर रहेगा।

भलाई कर, बिसार दे

चार्ल्स लैम्ब ने कहा है, "मानव को चाहिए कि भलाई करे और एकदम बिसार दे। इससे हृदय को महान सुख की प्राप्ति होती है। **"मनुष्य को चाहिए कि अपने उपकार का विज्ञापन न करे, यदि दूसरा संयोगवश उसके विषय में जान जाए तो जान जाए।** फ्रैंकलिन महोदय ने धन के विषय में कहा है, "आज तक संसार में मनुष्य को दौलत ने कभी आनन्द प्रदान नहीं किया। और धन की प्रकृति में कोई ऐसा तत्त्व नहीं जो आनंद की सृष्टि करे।" हां परोपकार एवं दान-धर्म के कार्यों में धन व्यय करने से दाता के जीवन में आह्लाद का संचार होता है। जीन इंजेलो की दानप्रियता का दृष्टांत उल्लेखनीय है। जीन इंजेलो एक लोकप्रिय लेखिका थीं। एक बार उनके कवितासंग्रह की एक लाख और उनके गद्य-साहित्य की पचास हज़ार प्रतियां देखते-

देखते बिक गईं। उनको रायल्टी से बड़ी धन-राशि प्राप्त हुई, जिसका अधिकांश भाग उस दानशील लेखिका ने दान व परोपकार के कार्यों पर व्यय कर दिया। उसने एक सदावर्त की व्यवस्था की, जिसमें आस-पास के अस्पतालों से मुक्त हुए बारह निर्धन व्यक्तियों को सप्ताह में तीन दिन भोजन दिए जाने का प्रबंध था। परोपकार के इस कार्य से यदि किसी को सबसे अधिक आनन्दलाभ हुआ, तो वह स्वयं लेखिका थी। उसका जीवन इससे कितना हर्षा उठा था! यह दान की ही तो महिमा है।

इसी प्रसंग में, एक अन्य उदाहरण लीजिए—विख्यात लेखक जॉन रस्किन को दस लाख डालर विरासत में प्राप्त हुए। "इस विशाल धन-राशि को उसने दान व परोपकार के कार्यों में व्यय कर दिया।" 'एरीना' नामक पत्र में प्रकाशित एक लेख में रस्किन की परोपकार-वृत्ति का वर्णन इस प्रकार किया गया है, "निर्धन युवक-युवतियों की,जो विद्याध्ययन में जैसे-तैसे जुटे हुए थे, रस्किन ने आर्थिक सहायता की, और श्रमिक स्त्री-पुरुषों के लिए मकानों का निर्माण कराया तथा आदर्श फ्लैटनुमा मकान भी बनवाए, जो स्वास्थ्यप्रद एवं सुविधाजनक थे। उसने लंदन के बाहर परती भूमि को पुनः-कृषि-योग्य बनाने के लिए भी एक योजना क्रियान्वित की। उस भूमि का विकास करके उसने उन अभागे खेतिहरों में बांट दिया, जो कुछ तो सामाजिक अत्याचार व शोषण के कारण, और कुछ अपनी दुर्बलताओं से पतन के गर्त में जा गिरे थे, और जो अब कंगाली, भुखमरी व दुर्दशा के उस गढ़े में से अपना पुनरुद्धार करना चाहते थे। कहते हैं कि इसी योजना से जनरल बूथ ने अपने कृषि-क्षेत्रों के विषय में प्रेरणा प्राप्त की थी। रस्किन निर्धन कलाकारों की सहायता करने में अत्यन्त उदार था। युवक-युवतियों में कलात्मक रुचि को प्रोत्साहन देने के लिए उसने अत्यन्त महत्त्वपूर्ण कार्य किए। एक बार उसने लंदन के पब्लिक स्कूल में लगाए जाने के निमित्त होलमैन हण्ट नामक प्रसिद्ध कलाकार की दस पेंटिंगें एकसाथ 3750 डालर में खरीद डाली थीं। मतलब यह कि रस्किन ने सन् 1877 ई. तक स्वरचित पुस्तकों से होने वाली पूरी आय के अतिरिक्त, उत्तराधिकार में मिली सम्पदा का तीन-चौथाई भाग परोपकार के कार्यों पर व्यय कर दिया था। किन्तु इस पर भी उसका मन नहीं भरा। निर्धन लोगों की दशा सुधारने का काम इतना बड़ा था, तथा श्रमिक-वर्ग के जीवन-स्तर को उन्नत करने, उनमें शिक्षा का प्रसार करने एवं उनको अधिक से अधिक खुशहाल बनाने की रस्किन की योजनाएं इतनी विशाल थीं कि शेष चल-अचल सम्पत्ति का भी लगभग सारा भाग ही मानव-सेवा के कार्यों में लगा देना पड़ा। उसने अपनी आजीविका के लिए इतनी धनराशि रखी, जिससे उसे 1500 पाउण्ड वार्षिक मिल सकें।"

संयुक्त राज्य अमरीका में एक विख्यात दानी हुए हैं। उनका नाम था पीटर कूपर। जीवन के अंतिम दिनों में वे देश के सबसे प्रसन्न व्यक्ति थे। परमार्थ का तेज उनके चेहरे पर दमकता रहता था।

जो व्यक्ति दुखी व निराश हो, उसे चाहिए कि वह ज़रा संसार के मानचित्र एवं जनगणना-तालिका पर दृष्टिपात करे। वह तनिक आंकड़ों का लेखा-जोखा करके देखें तो सही कि संसार में ऐसे कितने लोग हैं जिनकी हालत उससे भी गई-गुज़री है। उसे पता लगेगा कि दुनिया में लाखों-करोड़ों व्यक्ति ऐसे हैं जो उसके साथ अपनी किस्मत बदलने को सहर्ष तैयार हो जाएंगे। जब उस पर यह सत्य प्रकट कर दिया जाए कि उसकी हालत संसार के लाखों लोगों से बेहतर है, तो उसे चाहिए कि वह दूसरों की भरसक भलाई करने की एक व्यावहारिक योजना बनाए, और उसे तुरन्त कार्यान्वित करना प्रारम्भ कर दे। ऐसा करते हुए वह अनुभव करेगा कि उसकी उदासी व निराशा उड़नछू हो गई हैं। उसे अपने से अधिक दुखी, विपन्न एवं साधनहीन लोगों के लिए केवल ईश्वर से प्रार्थना-भर करके ही नहीं रह जाना चाहिए, बल्कि वह सामर्थ्य के अनुसार जितनी सहायता कर सकता है, उसे अवश्य करनी चाहिए और ईश्वर को इस मामले में कष्ट नहीं देना चाहिए। उसे चाहिए कि जीवन के जिस मार्ग पर वह बढ़ रहा है, उस पर परोपकार के पुष्प बिखेरता चले, क्योंकि उस पथ पर उसका फिर से लौटना न होगा।

उस दिन इंगलैंड में ड्यू मॉरियर नामक चित्रकार से अधिक कौन प्रसन्न रहा होगा! उस दिन कड़कड़ाती सर्दी पड़ रही थी। मॉरियर हैम्पस्टैड रोड पर चला जा रहा था। उसने देखा कि एक बूढ़ा सैनिक सर्दी से ठिठुर रहा है। चित्रकार ने बूढ़े सैनिक से अनुरोध किया कि वह उसके साथ चला चले, ताकि वह उसे किसी ऐसे ठिकाने पर पहुंचा दे जहां वह कुछ देर तक गरमा सके। सैनिक मान गया। चित्रकार ने सैनिक के प्रति सम्मान प्रकट करने के लिए उसका हैट अपने हाथ में उठाया, और उसे अपने साथ ले चला। वह वृद्ध सैनिक को निकटवर्ती बस्ती यूस्टन के एक होटल की पाकशाला में ले गया, ताकि अंगीठी के पास वह कुछ आग ताप सके और अपने अकड़ते अंगों में उष्णता भर सके। इसके साथ ही चित्रकार के मन में सैनिक की थोड़ी-बहुत आर्थिक सहायता करने का भी विचार उठा। चित्रकार स्वयं रुपये-पैसे के मामले में 'ठन-ठन गोपाल' था, अतः उसने एक तरकीब लड़ाई। उसने एक श्याम पट पर कुछ व्यंग्य-चित्र,जैसे वह प्रायः जनता के मनोविनोद के लिए बनाया करता

था, बना डाले। वहां दर्शकों की एक भीड़ लग गई, और देखते ही देखते चित्रकार के सम्मुख दर्शकों के दिए ढेर सारे सिक्कों का ढेर लग गया। मॉरियर ने वह धन-राशि उस बूढ़े सैनिक को दे दी। सैनिक चित्रकार का आभारी था। किन्तु था तो वह सैनिक ही न! उसने किया यह कि श्यामपट से ड्यू मॉरियर के बनाए चित्रों को तुरन्त मिटा दिया, और उसपर एक 'स्वामिभक्त कुत्ता' एवं युद्ध का एक दृश्य-चित्र अंट-संट ढंग से बना डाला। सैनिक का विचार था कि ये चित्र मॉरियर के बनाए चित्रों से अधिक आकर्षक तथा कलात्मक हैं। खैर, मॉरियर को इससे कोई सरोकार नहीं था। वह तो परोपकार का अवसर पाकर फूला न समा रहा था।

परोपकार से प्राप्त होने वाला आनन्द सबसे उत्तम होता है। गोर्डन नामक एक अंग्रेज़ चीनी नागरिक हो गया। उसने चीन के ऐतिहासिक विद्रोह में साम्राज्य की बड़ी निष्ठा एवं वीरता से सेवा की। इस पर चीनी साम्राज्य ने प्रसन्न होकर उसे उच्चतम उपाधियों से सम्मानित किया। किन्तु इस सम्मान व सराहना की परवाह न करते हुए गोर्डन अपनी मातृभूमि इंगलैण्ड लौट आया। वह ग्रेवसेण्ड नामक स्थान पर आकर बस गया। वह बड़ा परोपकारी व्यक्ति था। किसी की भलाई करके उसका मन पुलकित हो उठता था। गलियों में मारे-मारे फिरने वाले अनाथ बालकों को उसने अपने घर में शरण देकर, लिखाया-पढ़ाया, आदमी बनाया, और फिर उन्हें जलयानों पर नौकरियां दिलवाकर बारोज़गार किया। उसकी परोपकार-भावना पराकाष्ठा तक पहुंच चुकी थी। दुनिया के जिस भी कोने में वे आदमी काम कर रहे होते, वह बराबर उनको प्रेरणा-भरे पत्र लिखता रहता था।

परोपकार व्यर्थ नहीं जाता

विख्यात धर्मोपासक जॉन बी. गफ ने मानव-उत्थान के विषय में एक मार्मिक प्रसंग दिया है, "एक बार का ज़िक्र है कि मुझे ब्रिटेन[1] के एक कस्बे में, जो रेलवे स्टेशन से लगभग छः मील दूर था, व्याख्यान देने जाना पड़ा। स्टेशन पर मुझे एक व्यक्ति लिवाने के लिए पहले से आया हुआ था। एक बंद बग्घी में बिठाकर स्टेशन से कस्बे की ओर लिवा ले चला। मैंने देखा कि वह कुछ आगे झुका-झुका टेढ़ा-मेढ़ा बैठा है और उसका चेहरा खिड़की के शीशे से सटा हुआ है। थोड़ी ही देर में मैंने देखा कि उसने रूमाल निकालकर तह किया और गरदन के इर्द-गिर्द लपेट लिया। मैंने उससे

1. इन देशों में सर्दी बहुत पड़ती है।

पूछा कि कहीं उसे सर्दी तो नहीं लग गई। उसने कहा, 'नहीं साहब!' तत्पश्चात् उसने मुंह को रूमाल से ढक लिया। मैंने उससे फिर पूछा कि कहीं उसके दांत में तो दर्द नहीं हो रहा है। उसका जवाब वही था, 'नहीं साहब!' वह अभी तक वैसे का वैसा झुका बैठा था। अन्ततः मैंने हारकर पूछा, 'तुम्हें सर्दी भी नहीं लगी, तुम्हारा दांत भी दर्द नहीं कर रहा, तो आखिर फिर क्या कारण है,जो तुम ऐसे आगे झुके बैठे हो और चेहरे व गर्दन पर रूमाल लपेटे है! बताने की बात हो तो बताने की कृपा करो।' इस पर उसने विनम्र स्वर में कहा, 'बात यह है कि खिड़की का शीशा टूटा हुआ है और बाहर तेज़ बर्फीली हवा चल रही है और मैं इस बात की चेष्टा कर रहा हूं कि उसके थपेड़े आपको न लगें।' उसकी बात सुन कर मैं आश्चर्यचकित रह गया। मैंने पूछा, 'तो क्या तुम उस टूटे शीशे की जगह अपना सिर फिट कर रहे हो, इसलिए कि सर्द हवा के झकोरे मुझे न लगें?" हां साहब! कर तो यही रहा हूं।' उसने नत-मस्तक होकर कहा। 'तुम मेरे सुख और सुविधा के लिए यह सब क्यों कर रहे हो?' उसने श्रद्धापूर्वक कहा, 'भगवान आपका भला करे! मेरा तो तनमन और धन—सब कुछ आपका ही दिया हुआ है। मेरी सभी सांसारिक सम्पदा आपकी ही कृपा का फल है! मैं आपका चिरऋणी हूं।'

मैंने आश्चर्य से कहा, 'किन्तु मैंने तो तुम्हें आज से पहले कभी देखा तक नहीं।' वह भावाविष्ट होकर बोला, 'यह बात नहीं, मैं पहले भी एक बार आपके दर्शन कर चुका हूं। मैं कभी एक 'बैलेड' गायक था। दुर्भाग्यवश मैं ऐसी दुर्दशा को जा पहुंचा कि मुझे भीख मांगने पर विवश होना पड़ा। मैं अपने अधमरे-से बच्चे को बांहों में लिए दर-दर की भीख मांगता फिरा। मेरी पत्नी भी मेरे पीछे-पीछे घिसटती फिरी। उसकी आंखें दुःख एवं विपत्ति के मारे बुझी-बुझी-सी रहती थीं। वह अंधों की तरह टटोल-टटोलकर आगे बढ़ती। ऐसे में सौभाग्य से मुझे एडिनबरा में आपका व्याख्यान सुनने का अवसर मिला। व्याख्यान करते हुए आपने मेरी ओर संकेत करते हुए कहा था कि मैं भी मनुष्य हूं—अन्य मनुष्यों के समान मनुष्य! जब मैं व्याख्यान-भवन से बाहर निकला, तो मैंने दृढ़ निश्चय किया-ईश्वर की कृपा से मैं भी मनुष्य बनूंगा—समर्थ मनुष्य! उसके बाद मैंने घोर परिश्रम किया, और आज मेरे घर में सुख-सुविधा का साम्राज्य है—मेरी पत्नी मज़े में है और सदा प्रफुल्लित रहती है! परमात्मा आपका भला करे, मेरे उद्धारक! आप टूटी खिड़की के आगे सिर रखने की बात करते हैं—आपके काम आ सके तो यह जान भी हाज़िर है।"

निम्न कविता-पंक्तियों का पाठ कीजिए जिनसे आपके हृदय में मानवता के प्रति आस्था जागेगी:

आओ, मानव का हम उज्ज्वल पक्ष निहारें,
और रखें विश्वास मनुज के आदर्शों पर।
हर मनुष्य में एक ज्योति-पुंज होता है
हिय का तिमिर दूर करने में यत्नशील जो।
अरे, सभी के अन्दर 'शिव' का वास अचेतन,
जिसे यत्न से हम कर सकते गतिमय चेतन।
जादू की छड़ी विधि ने दी है हाथ हमारे,
हम जो चाहें बन सकते हैं इस धरती पर।

जो व्यक्ति मानव-जाति के उत्थान के लिए अधिक से अधिक योगदान कर रहा है, सच्चे अर्थों में वही 'जी' रहा है। परोपकार एवं अतिथि-सत्कार के प्रसंग में, आपने तूर नामक स्थान की, 'निर्धनों की छोटी बहनें' नाम से प्रसिद्ध कन्याओं की दयालुता के विषय में अवश्य सुना होगा। वह यों है—एक बार रात के समय एक बुढ़िया ने उनका द्वार जा खटखटाया और रात भर के लिए शरण देने की याचना की। उन्होंने दयावश बुढ़िया को टिका लिया, किन्तु अब समस्या यह उठी कि उसे ओढ़ने को क्या दिया जाए। सब कुछ तो वे दान-दया में पहले ही दे चुकी थीं। ले-देकर एक चादर बची थी। उन्होंने कैंची उठाई और चादर को काटकर बुढ़िया के सोने के लिए दे दी। बुढ़िया को शरण देकर वे कितनी प्रसन्न हो उठी थीं! इस प्रकरण में एक अमरीकी अध्यापिका का उदाहरण भी उल्लेखनीय है। गत विश्व युद्ध के दिनों की बात है, उस अध्यापिका ने स्वास्थ्य-लाभ के लिए किसी पहाड़ पर जाने का कार्यक्रम बनाया। उसने वहां के एक सैनेटोरियम में बहुत पहले एक अच्छा कमरा सुरक्षित करा लिया था। वह निश्चित समय पर पहाड़ पर पहुंच गई। एक दिन उसे खबर लगी कि युद्ध में घायल हुए और अपने सैनिक कैम्प के अस्पताल से हाल ही में मुक्त होकर आए एक सैनिक को सैनेटोरियम में एक कमरा चाहिए, जो नहीं मिल रहा, क्योंकि वह पहले से खचा-खच भरा है। मानव-जाति के सेवक के प्रति आदर व सम्मान प्रकट करने के लिए उस दयामयी अध्यापिका ने सैनेटोरियम के प्रबन्धकों को सूचित किया कि वह अपना कमरा उस सैनिक से लिए देने को तैयार है, ताकि वह ठीक से विश्राम करके स्वास्थ्य लाभ कर सके। अपने उस कमरे की बजाय वह एक दूसरे घटिया कमरे में चली गई। इससे उस अध्यापिका को कितनी प्रसन्नता हुई होगी, इसकी कल्पना की जा सकती है।

वाल्टर स्कॉट ने कहा है, "आत्म-त्याग की भावना का प्रसार कीजिए।"

आत्म-त्याग में ही सुख-लाभ कीजिए। इस प्रवृत्ति को सुखद बनाने का प्रयत्न कीजिए। इस भावना के बल पर आप संसार को स्वर्ग के उस धरातल पर लाकर खड़ा कर सकते हैं कि किसी कल्पनाशील स्वप्न-द्रष्टा के मन में भी वह स्वरूप कभी न आया होगा।

दुनिया में ऐसे अनगिनत लोग मिल जाएंगे, जो कोई बड़ा बलिदान करने के लिए तो तुरन्त तत्पर हो जाते हैं, किन्तु छोटे-छोटे भलाई के कार्यों की उपेक्षा कर देते हैं, जिनसे कि अनेक लोगों का जीवन अधिक उज्ज्वल तथा अधिक सुखी हो सकता है। कई बार तो केवल मधुर एवं प्रिय शब्दों से ही दूसरे व्यक्ति का हृदय पुलकित हो उठता है। एक मनोरंजक प्रसंग लीजिए।

एक उच्च कुल की युवती सड़क पर चलते-चलते एक फटे-पुराने चीथड़े पहने एक भंगी छोकरे से टकरा गई। वह एक मोड़ पर तेज़ी से घूम रही थी कि सड़क पर झाड़ू देने वाला वह छोकरा उसकी चपेट में आ गया और मुश्किल से गिरते-गिरते बचा। युवती अत्यन्त सभ्य एवं शिष्ट थी। वह रुकी और क्षमा-प्रार्थना के स्वर में उस छोकरे से बोली, "भैया, मुझे माफ कर दो—मुझे खेद है कि मैं तुम से टकरा गई!" छोकरे ने उच्च घराने की उस युवती को जब अपने जैसे तुच्छ प्राणी से क्षमा-याचना करते देखा, तो वह प्रभावित हुए बिना न रह सका। युवती के प्रति सम्मान प्रकट करने के लिए उसने अपनी जीर्ण-शीर्ण टोपी सिर से उतारी, और नतमस्तक होकर श्रद्धा-भरे वचन कहे। युवती के आगे बढ़ जाने के बाद उस भंगी छोकरे ने अपने एक साथी से उस घटना के विषय में बताते हुए यह उद्गार प्रकट किया, "जिम! मैं कहता हूं कि यह मेरे जीवन का पहला अवसर है, जबकि कभी किसी ने मुझे से ऐसे माफी मांगी हो। मैं इतना पुलकित हो उठा था कि मेरे पांव मारे प्रसन्नता के पृथ्वी पर न पड़ते थे!" देखा न आपने मधुर, शिष्ट वचनों का प्रभाव!

जीवन में हम प्रायः एक भयंकर भल करते हैं और वह यह कि हम अपनी मुस्कानें तथा सहानुभूति व सांत्वना के मधुर शब्द केवल व्यक्तिगत सम्बन्धों में ही सीमित रखते हैं, और अन्य लोगों को इन वरदानों से वंचित रखते हैं। दैनिक जीवन में जो अपरिचित या कम परिचित लोग हमारे सम्पर्क में आते हैं, या जो हमारे सम्मुख हैं, उनसे हम उपेक्षा तथा उदासीनता से बात करते हैं, क्योंकि वे हमारे 'अपने' नहीं हैं। विडम्बना यह है कि जो क्षण हम जी रहे होते हैं, उसे मधुर बनाने की बजाय हम मिठास को किसी अन्य क्षण के लिए बचा रखते हैं।

एक फ्रांसीसी महानुभाव का कहना है, "यदि दो-एक शब्द कह देने मात्र से किसी व्यक्ति का मन प्रसन होता हो, तो कोई नराधम ही होगा जो इसमें कृपणता करेगा! **प्रेम-पगी वाणी से किसी को हर्षाना ठीक वैसे है जैसे अपने दीपक से किसी दूसरे का दीपक जलाना।** जिस प्रकार एक दीपक से दूसरे को जलाने से पहले दीपक का प्रकाश कम नहीं होता,उसी भांति शब्दों के सुखद स्पर्श से दूसरे व्यक्ति को प्रसन्न करने से किसी का कुछ घट नहीं जाता।"

सिडनी स्मिथ कहा करते थे कि हमें प्रतिदिन कम से कम एक व्यक्ति को अवश्य प्रसन्न करना चाहिए। उनका कथन है, "यदि आप प्रति दिन एक व्यक्ति को प्रसन्नता प्रदान करें,तो दस वर्ष में आप 3650 व्यक्तियों को उल्लसित कर चुकेंगे,जो कि एक छोटे-से कस्बे की जन-संख्या है,और इस प्रकार आप मानवता के आनन्द-कोष में एक महान योगदान करेंगे।" हंसमुख व्यक्ति मानवता के लिए अत्यन्त उपयोगी होता है।

डाक्टर रैफल ने एक बार कहा था, "मैंने यह सिद्धान्त बना लिया है कि मैं जिस व्यक्ति के भी सम्पर्क में आऊंगा,उसे प्रसन्न करने का प्रयास किए बिना उसके साथ दस मिनट भी न रहूंगा। "ख्यातनामा डाक्टर ड्वाइट की यह उक्ति उल्लेखनीय है, "जो व्यक्ति आधा घंटा भी किसी नन्हे बालक को रिझाने का प्रयास करता है, वह विधाता की इच्छा के अनुकूल कार्य करता है।"

दूसरों को प्रसन्न करने से कर्ता को भी प्रसन्नता मिलती है। इस बात की अभिव्यक्ति एक छोटे-से बालक के इन शब्दों से होती है, "मां,मां,मैंने मुन्नी को खुश करने की पूरी कोशिश की, लेकिन वह किसी भी तरह नहीं हंसी। लेकिन जब मैं उसे रिझा रहा था तो मुझे बड़ा मज़ा आ रहा था!" एक अन्य बालक की बात सुनते ही बनती है, "मैं जिम को खुश करने के लिए उससे मनोविनोद की ढेरों बातें करता हूं और वह खिल-खिला पड़ता है।" वह रोगशय्या पर पड़े अपने भाई के विषय में कह रहा था, "जिम जब हंसता है तो मुझे बेहद खुशी होती है,और मैं भी उसके साथ हंसने लग जाता हूं।"

परोपकार की महिमा की कल्पना इस दृष्टांत से भली प्रकार की जा सकती है।

एक बार की बात है,एक देश में एक राजा राज्य करता था। उसका एक पुत्र था। राजा उस अल्पवयस्क बालक से अत्यंत प्यार करता था। पुत्र की सुख-सुविधा के

लिए राजा ने कोई कोर-कसर न उठा रखी थी। संसार का हर पदार्थ बालक को सुलभ था। महल के आलीशान कमरों में राजकुमार की प्रत्येक सुख-सुविधा का प्रबंध था। संसार-भर के कलात्मक चित्र,मनोरंजक पुस्तकें तथा अनगिनत खेल-खिलौने जुटाए गए। सवारी के लिए उसे एक बढ़िया घोड़ा प्रदान किया गया। राजकुमार की शिक्षा के निमित्त जाने-माने अध्यापकों को नियुक्त किया गया। अनेक नौकर-चाकर एवं संगी-साथी राजकुमार को रिझाने में लगे रहते। परन्तु इस सबके बावजूद राजकुमार अप्रसन्न,असंतुष्ट एवं उदासीन-सा रहता था। वह जहां भी जाता, उसकी त्योरियां बराबर चढ़ी रहतीं। वह हर समय कोई न कोई चीज़ लेने का हठ करता रहता।

आखिरकार राजदरबार में एक जादूगर आया और राजकुमार की अप्रसन्न मुखमुद्रा को देख महाराज से बोला, "हे राजाधिराज! राजपुत्र के चेहरे पर यह जो असंतोष का साया है,उसे मैं मुस्कान में बदल सकता हूं, किन्तु इस काम के लिए मैं आपसे मुंहमांगा इनाम लूंगा। राजा तुरन्त बोला, "मुझे स्वीकार है। तुम जो मांगोगे, मैं सहर्ष दूंगा, किन्तु कोई भी उपाय करो जिससे राजकुमार प्रसन्न रहे।" जादूगर राजकुमार को लेकर एक एकान्त कमरे में चला गया। उसने एक कागज़ का टुकड़ा लिया और किसी सफेद से द्रव्य के साथ कागज़ पर कुछ लिखा। उसने राजकुमार को एक मोमबत्ती दी, और उसे जलाने का निर्देश दिया। मोमबत्ती जल चुकी तो उसने राजकुमार से कहा, "एक हाथ में कागज़ पकड़ो। दूसरे से,मोमबत्ती की लौ कागज़ के नीचे लाकर,कागज़ को कुछ देर तपाओ और पढ़ने की चेष्टा करो कि उस पर क्या लिखा है।" यह निर्देश देकर जादूगर चलता बना। उसने जैसा कहा था, राजकुमार ने वैसा ही किया। कागज़ पर आंच पहुंचते ही उस पर नीले-नीले सुन्दर अक्षर उभर आए। उस पर लिखा था,"प्रति दिन किसी न किसी पर दया करो।" राजकुमार ने जादूगर के उस वाक्य पर आचरण किया और वह राज्य-भर में सबसे सुखी एवं प्रफुल्ल हृदय व्यक्ति बन गया।

एक प्रसिद्ध लेखक का कथन है, "प्रसन्नता पच्चीकारी के समान है। जिस प्रकार पच्चीकारी का काम महीन-महीन,छोटे-छोटे पत्थर के टुकड़ों के संयोग से होता है, उसी प्रकार प्रसन्नता भी स्वभाव के छोटे-छोटे किन्तु महत्त्वपूर्ण सद्गुणों के संयोग से उत्पन्न होती है।" **दयालुता व सहृदयता के छोटे-छोटे कार्य, नम्र व शिष्ट व्यवहार के छोटे-छोटे नियमों का पालन, सहनशील प्रवृत्ति और दूसरों की भावनाओं को ठेस न पहुंचाना, दूसरों के दोष न निकालना, दूसरों की दुर्बलताओं**

के प्रति उदारता–स्वभावकी ये छोटी-छोटी विशेषताएं ही तो प्रसन्नता के घटक हैं। व्यक्तित्व के अन्दर इन सद्गुणों के समुचित विकास में ही प्रसन्नता का रहस्य निहित है। इन सद्गुणों का प्रभाव चमत्कारी होता है। यदि आज से ही आप इस पर आचरण करना शुरू कर दें,तो आप अगले कुछ दिनों में पाएंगे कि आपके जीवन का प्रत्येक दिन आनंद से ओत-प्रोत होता जा रहा है। वर्ष में एक बार कोई बड़ा,मार्के का,सहृदयता का कार्य करने की अपेक्षा ये छोटे-छोटे दायरे कार्य सामूहिक रूप से कहीं अधिक महानतर हैं। हमारा जीवन छोटी-छोटी सामान्य घटनाओं का संघटन है—उसमें आकस्मिक घटनाएं कभी-कभार ही घटती हैं। किसी महानुभाव ने कहा भी तो है, **"छोटी-छोटी बातों घटनाओं एवं अनुभवों के योगफल का नाम ही जीवन है। ये बातें, घटनाएं व अनुभव वस्तुतः इतने छोटे-छोटे होते हैं कि प्रायः उनका स्मृतिचिह्न तक शेष नहीं रह जाता।** हमारा यह नियम होना चाहिए कि जो व्यक्ति हमारे सम्पर्क में आए,उसका हम कुछ न कुछ भला अवश्य करें। यह एक आदर्श जीवन-सिद्धान्त है। उदारहृदय व्यक्ति को सहज सहानुभूतिशील होना चाहिए। उसकी दृष्टि इतनी सूक्ष्म और तीव्र होनी चाहिए कि वह झट जान जाए कि कहां,किसकी,क्या भलाई की जा सकती है।"

उदारहृदय व्यक्ति में क्या गुण होते हैं, इसका सुन्दर दृष्टांत अमरीका के प्रॉविडेन्स नगर से बोस्टन नगर को जार ही एक रेलगाड़ी में घटी एक घटना के ब्योरे में मिलता है। घटना इस प्रकार है-एक कुलीन घर की महिला अपने वृद्ध पिता को साथ लिए बोस्टन जा रही थी। वृद्धावस्था के कारण पिता की मानसिक स्थिति जवाब दे चुकी थी, जिससे वे कुछ अर्द्धविक्षिप्तों का सा आचरण कर रहे थे। महिला अत्यंत कठिनता से पिता को संभाल पा रही थी। वृद्ध महोदय के सिर पर एक सनक सवार हो गई थी,और वे पागलों की तरह चिल्ल-पों मचा रहे थे कि उन्हें गाड़ी से उतरने दिया जाए। उनका कहना था कि उन्हें नीचे एक आवश्यक काम है। गाड़ी तूफानी चाल से चल रही थी,और वृद्ध महाशय थे कि उतरने पर तुले हुए थे। बेटी पिता को शांत नहीं कर पा रही थी। इतने में उस स्त्री ने देखा कि एक सज्जन समाचार-पत्र पढ़ते हुए भी पत्र की आड़ में से उन्हीं को ओर देख रहे हैं। देखते ही देखते वे सज्जन उठे और उनकी ओर बढ़ आए।

"क्षमा कीजिए,मेरा विचार है आप कुछ परेशानी में हैं। क्या मैं आपकी कुछ सहायता कर सकता हूं?" उन सज्जन ने नम्रता-पूर्वक कहा।

महिला ने सारी स्थिति उन्हें समझाई।

"आपके पिता का शुभ नाम क्या है?" सज्जन ने पूछा।

महिला ने बताया। इसके बाद वह फिर अपने पिता को सान्त्वना देने लगी।वे सज्जन तुरन्त वृद्ध आदमी की ओर उन्मुख हुए। बक-झक कर रहे वृद्ध की ओर झुक कर उन्होंने उनका नाम लेकर सम्बोधित किया, और फिर गर्मजोशी के साथ हाथ मिलाया। तत्पश्चात् वे वृद्ध के निकट ही एक 'सीट' पर बैठ गए और वृद्ध को बातचीत में लगा लिया। बातचीत को उन्होंने इतना रोचक बनाए रखा और वृद्ध को इतनी कुशलता से उलझाए रखा कि वृद्ध महाशय गाड़ी से उतरने की बात ही भूल गए और फिर बोस्टन पहुंचकर ही उन्हें गाड़ी से उतरने की ज़रूरत महसूस हुई। बोस्टन आने पर उन सज्जन ने सहारा देकर वृद्ध को गाड़ी से उतारा। उन्हें स्वयं भी गाड़ी से उतरना था। रेलवे स्टेशन के बाहर निकल कर उन अपरिचित सज्जन ने महिला और उसके वृद्ध पिता को एक मोटर गाडी में सवार कराया। मोटर के दरवाज़े में से झांकते हुए उन सज्जन ने अंततः महिला से पूछा कि सब कुछ ठीक-ठाक है न। वे किसी बात के लिए चिंतित तो नहीं। जब महिला ने उन्हें आश्वस्त कर दिया तो वे मोटर गाड़ी का दरवाज़ा बंद करते हुए चलने को उद्यत हुए। एकाएक उस महिला को कुछ ध्यान आया और वह मोटर गाड़ी के दरवाज़े को बंद होने से रोकते हुए शिष्ट स्वर में बोली, "क्षमा कीजिए, आपने मेरी इतनी सहायता की है,किन्तु क्या मैं जान सकती हूं कि आपके प्रति किस शुभ नाम से धन्यवाद प्रकट करूं?" चलते-चलते वे मुस्कराए और उन्होंने कहा, "फिलिप्स बुक्स!"

बीचर महोदय हंसमुख प्रवृत्ति के प्रमुख उपदेशक थे। उनका कथन था कि सहृदयता ही प्रसन्नता का मूल है। एक स्थान पर वे लिखते हैं, "मानवता के सुख में सहज रूप से अभिवृद्धि करना एक अनुपम गुण है। पुष्प क्या जानते हैं कि कितने मधुर हैं वे,कितनी सुरभि बिखेर रहे हैं वे संसार में! इन गुलाबों एवं अन्य सुगंधित फूलों ने मुझे आज दिन-भर तरोताज़ा रखा है। किंतु मेरी प्रसन्नता में अपने योगदान से बेखबर, ये मेरे गमले को मिल-जुल कर सुशोभित कर रहे हैं। ये बिचारे क्या जानें कि मेरा हृदय इनका कितना कृतज्ञ है! ये अपने महान कार्य से अनभिज्ञ हैं। वह व्यक्ति कितना भाग्यशाली है जिसके स्वभाव में सहज माधुर्य,शांति,साहस एवं उत्साह है और है उल्लसित भावना। सच्चरित्र एवं तरल हृदय व्यक्ति में इन गुणों का समावेश होता है। इन नैसर्गिक विभूतियों से सम्पन्न व्यक्ति न केवल स्वयं प्रसन्न

रहता है,बल्कि वह जिस किसी के भी सम्पर्क में आता है उसके हृदय में प्रसन्नता का संचार करता है। धरती पर कुछ ऐसे मानव अवतरित होते हैं जिनका हृदय आनन्द से ओत-प्रोत रहता है। ऐसे मानव की प्रकृति अत्यन्त उदार होती है। उनका आचार-विचार कुछ ऐसा महान होता है कि जो व्यक्ति उनके संसर्ग में आता है,उसके हृदय में शान्ति तथा प्रसन्नता का संचार हो जाता है। ऐसा मानव परदुःख कातर होता है। ईश्वर ऐसे आदर्श पुरुष की सहायता करता है ताकि वह सबकी सहायता कर सके। फिलिप्स बुक्स महोदय पर बीचर का यह कथन पूर्णतया चरितार्थ होता है।

हंसमुख व्यवहार उतना ही प्रसन्नतादायक होता है, जितना कि किसी को पुष्प अर्पित करना। जिस प्रकार किसी भी आयु के व्यक्ति को किसी भी परिस्थिति में, किसी भी अवसर पर फूल भेंट करना उचित है,ठीक उसी प्रकार सहृदय,मधुर एवं हंसमुख व्यवहार सदैव उपयोगी है। क्या बूढ़े, बच्चे और क्या जवान, सभी हंसमुख एवं सहृदय व्यक्ति की सराहना करते हैं। उसका सब जगह स्वागत होता है। रोगी, असहाय एवं निर्धन लोग तो ऐसे व्यक्ति के दर्शन-मात्र से पुलकित हो उठते हैं।

ख्याति प्राप्त डाक्टर चाल्मर्स का यह कथन कितना प्रेरणाप्रद है, "कोई ध्येय निर्धारित करो। उस ध्येय के लिए जियो और उसी के लिए मरो। दूसरों की भलाई करो,और अपने पीछे शुभ कर्मों के स्मारक छोड़ जाओ,जिन्हें काल के क्रूर हाथ भी कदापि विनष्ट न कर सकें। जीवन में जो लोग तुम्हारे सम्पर्क में आएं,उनपर दया, प्रेम एवं सहृदयता की छाप अंकित कर दो,और तुम्हारी स्मृति अमिट रहेगी! तुम्हारे अच्छे कार्य धरती पर उसी प्रकार चमकते रहेंगे,जैसेकि आकाश में सितारे।"

यदि तुम संसार में सुख और सफलता प्राप्त करना चाहते हो तो तुम्हारा जीवन संतुलित होना चाहिए। मनुष्य की प्रकृति आराम, सुख-सुविधा, ऐश्वर्य एवं वैभव पर निर्भर नहीं करती–वह तो मनुष्य की आंतरिक सम्पदा है। यह आवश्यक नहीं कि साधन-सम्पन्न व्यक्ति सज्जन ही हो। मनुष्य का मूल्यांकन उसकी मनोदशा अथवा प्रकृति से किया जाता है, न कि सपत्ति से। राबर्ट वाटर्स महोदय कहा करते हैं, "बिना सच्चरित्रता के सफलता प्राप्त नहीं होती और बिना स्वच्छ व निर्मल आत्मा के प्रसन्नता प्राप्त नहीं होती। यदि अपने लिए ही जिए और अपने लिए ही मरे' तो ऐसा जीवन किस काम का! इससे तो न जीना भला! लखपती और करोड़पती होना तुम्हारे लिए कतई ज़रूरी नहीं है, किंतु यह ज़रूरी है—बल्कि बेहद ज़रूरी है—कि आप ईमानदार, प्रतिष्ठित और समाज के लिए उपयोगी व्यक्ति

बनें; आप जहां भी जाएं,सज्जनता व प्रफुल्लता का प्रसार करें—और अपने जीवन को आदर्श बनाएं।"

एक फ्रांसीसी लोकोक्ति है, "यदि किसी को अपने भीतर शांति प्राप्त नहीं होती, तो उसे कहीं भी प्राप्त नहीं हो सकती।" विश्व-बंधुत्व की भावना का संगीत जिसके हृदय में झंकृत है,सृष्टि का अंतर्नाद जिसके कर्ण-कुहरों में गूंजता है और जो प्रतिक्षण उस अलौकिक ज्योति को जो कभी न तो धरातल पर और न सागर-तल पर आविर्भूत हुई है, निहारता रहता है। ऐसा मनुष्य जीवन में अपने आत्मिक आलोक को अभिव्यक्त करता रहता है। प्रत्येक पवित्र एवं स्वस्थ विचार,सत्य,शिव,सुन्दर की भावना से प्रेरित प्रत्येक उदात्त भावना,जीवन-स्तर को उन्नत एवं श्रेष्ठतर बनाने की प्रत्येक हार्दिक अभिलाषा तथा प्रत्येक उच्चाकांक्षा, लक्ष्य एवं उसके लिए प्रत्येक प्रयास—ये सब प्रक्रियाएं मनुष्य की आत्मा को अधिक शांत और अधिक सौम्य बनाती हैं। **यह आत्मिक बल, शांति एवं सुषमाही तो है, जिससे व्यक्ति की जन्मजात शक्तियों में आत्म-विश्वास का संचार होता है, और व्यक्ति के मानस में उदात्त प्रसन्नता व्याप जाती है, जिससे उसके चेहरे पर एक दिव्य आभा दमकने लगती है**। एक प्राचीन लेखक ने इस दिव्य स्थिति को पवित्र अंतःकरण का स्वर्ग' की संज्ञा दी है।

मानव को दूसरों की भलाई की ओर प्रवृत्त होना चाहिए। अपने स्वभाव का परिमार्जन कर उसे उदात्त बनाने से व्यक्ति जीवन को उच्चतम स्थिति की ओर अग्रसर होता है।

इस भावना में मेरा अटल विश्वास है
कि सत्कर्म ईश्वर की ओर जाने का एक कदम है,
कि इसी क्रिया से मानव-आत्मा ऊपर उठती है
और ऐसी स्थिति को प्राप्त करती है कि दूर तक देख सकती है।
अपनी आन्तरिक उपलब्धियों से ही हम ऊपर उठते है—
कि हमने अपने भीतर कितने गुणों का संचय किया है;
कि हमने अपने भीतर के कितने माया-जालों का व्यूह भेदा है;
कि हमने अपने भीतर उठते कितने विकारों का दमन किया है।

एक प्राचीन कवि ने कहा था, "मेरा शरीर धरती पर विचरण करता है, किंतु

मेरी आत्मा कल्पना के पंख लगाकर अलौकिक विचारों के संसार में उड़ी फिरती है।" हमारी आंखों, कानों और हृदय में इस समय भी एक अलौकिक सुषमा तथा परमानन्द की उदात्त भावना व्याप्त है। **इस संसार में हमारे लिए बहुत कुछ करणीय है, बहुत कुछ 'प्रेम' का विषय है, और बहुत कुछ आशाजनक है। आनन्द एक ईश्वरीय वरदान है। ईश्वर के स्मरण-मात्र से आनन्द के स्रोत छलक पड़ते है। आस्तिकता ही आनन्द का मूल है।** कवि हेडन ने कहा है, "जब मैं ईश्वर का चिंतन करता हूं तो मेरा हृदय आनन्द से इतना अभिभूत हो उठता है कि मेरी लेखनी से संगीत सहज ही फूट-फूट पड़ता है।"

6

प्रसन्नता मन की सृष्टि है

संयुक्त राज्य अमरीका के इतिहास प्रसिद्ध गृह-युद्ध में एक अधेड़ महिला का पति मर गया। विधवा-जीवन उस पर पूरी तरह छा गया। एक दिन उसे न जाने क्या सूझा, वह एक फोटोग्राफर के स्टूडियो में अपनी फोटो खिंचवाने जा पहुंची। जब वह कैमरे के सम्मुख बैठी, तो उसके चेहरे पर एक भयानक उदासी, खिंचाव व कठोरता छाई हुई थी। पिछले कुछ दिनों से पास-पड़ोस के बच्चे उसकी इस डरावनी सूरत को देखकर उससे कतराने लगे थे। फोटोग्राफर ने कैमरे के काले कपड़े के आवरण में से एकाएक सिर निकाला,और महिला से बोला, "आंखों में ज़रा चमक लाइए।"

महिला ने प्रयत्न तो किया, किन्तु उसकी आंखों में वह बुझा-बुझापन, वह उदासी बनी ही रही।

"ज़रा प्रसन्न दिखने का प्रयास कीजिए!" फोटोग्राफर ने पुनः शांत, किन्तु ज़ोरदार शब्दों में आग्रह किया।

महिला ने झुंझला कर रूखे स्वर में कहा, "देखिए महोदय, यदि आप यह सोचते हों कि आपके कहने-भर से ही किसी शोक-ग्रस्त, उदास अधेड़ महिला

के चेहरे पर प्रसन्नता झलकने लगेगी,उसकी निराशा आपके कहते ही छू-मंतर हो जाएगी तो मैं कहती हूं कि आपको मनुष्य की प्रकृति का तनिक भी ज्ञान नहीं। आंखों में उल्लास-भरी चमक लाने के लिए किसी बाह्य साधन की आवश्यकता होती है।"

"अरे नहीं, ऐसी बात नहीं! यह आपका भ्रम है। प्रसन्नता मन की सृष्टि है। आप एक बार कोशिश तो करके देखिए।" फोटोग्राफर ने मधुर एवं विनम्र स्वर में कहा।

फोटोग्राफर के लहजे में कुछ ऐसी बात थी,कुछ ऐसा प्रेरक तत्त्व था कि महिला में विश्वास उग आया और उसने प्रसन्नमुख होने का पुनः प्रयास किया। इस बार उसे पर्याप्त सफलता मिली।

"हां, हां, बस ऐसे ही! बहुत खूब,बहुत बढ़िया! आप तो बीस साल छोटी लगने लगी हैं। जान पड़ता है, आप फिर से जवान हो आई हैं।" महिला के चेहरे पर क्षणेक एक आभा देखकर और उसके मुरझाए चेहरे को उस आभा के अलंकृत होते देखकर फोटोग्राफर ने महिला का उत्साह बढ़ाया।

फोटो खिंचवाने के बाद वह महिला दिल में एक विचित्र पुलक लिए घर आई। पति की मृत्यु के पश्चात् वह पहला अवसर था जब किसी ने इस प्रकार उसके प्रति ध्यान दिया था। घर पहुंचने ही आईने के सामने जा खड़ी हुई,और देर तक अपना मुखड़ा निहारती रही। उसने मन ही मन कहा, 'हो सकता है, मेरे मुंह पर कुछ विशिष्टता रही हो। खैर,फोटो को आने दो,तब देखूंगी कि उस समय मैं कैसी लग रही थी।

फोटोग्राफर के यहां से जब फोटो आई तब देखते ही बनती थी। गज़ब की फोटो थी! ऐसा प्रतीत होता था मानो महिला को नई ज़िन्दगी मिली हो। चेहरा ऐसा जीवंत था कि उस पर जवानी की आखिरी बहार—जवानी की आखिरी लौ जगमगा रही थी। वह महिला उस फोटो को देर तक निहारती रही,और अंततः मन ही मन स्पष्ट स्वर में बोली, "यदि मैं उस दिन ऐसी हंसमुख लग रही थी,तो क्या आज मैं ऐसा न कर पाऊंगी?"

वह चलकर अपने कक्ष में आई। श्रृंगार की मेज पर रखे दर्पण में अपना मुंह देखते हुए वह स्वयं से बोली, "कैथेरिन,जरा मुस्कराओ तो—ज़रा प्रसन्न तो होओ।"

बस,ऐसा कहने-भर की देर थी कि फोटो की वही हंसमुख छवि उसके चेहरे पर फिर से थिरक उठी। "कुछ और मुस्काराओ!" उसने आदेशात्मक स्वर में स्वयं से कहा। देखते-देखते एक सौम्य और दीप्त मुस्कान महिला के चेहरे पर बिखर गई।

इस महिला का प्रसंग लिखने वाले महोदय का कथन है कि उसके अड़ोसियों-पड़ोसियों एवं परिचितों ने उसकी हंसमुख प्रवृति को तुरन्त लक्ष्य किया,जो उसके जीवन का अभिन्न अंग हो गई थी। किसी सखी ने तो पूछ ही लिया, "क्या बात है, तुम तो फिर जवान हुई जा रही हो! जब देखो,तुम्हारा चेहरा खिला-खिला रहता है। किस चक्की का खाने लगी हो? आखिर तुम्हारी इस सहज मुस्कान का रहस्य क्या है?"

महिला का उत्तर था, "जहां तक मुस्कान का प्रश्न है,यह एक आंतरिक उपलब्धि है। यह किसी बाह्य सुख के कारण नहीं, बल्कि यह अन्तस् में उपजी है। आप भीतर से प्रसन्न होने का प्रयत्न कीजिए—और आप देखोगी कि आप स्थायी रूप से प्रफुल्ल रहने लगी हैं।"

मनुष्य को दुर्भाग्य में भी मुस्कराना चाहिए। जीवन के संकट उसे हंस-हंस कर झेलने चाहिए। मनुष्य को अन्तः करण में आनन्द प्राप्त होता हो, तो वह किसी भी परिस्थिति में शांत एवं स्थिर रह सकता है। एक कवि के हृदयोद्गार हमें कुछ इसी प्रकार की प्रेरणा देते हैं :

भाग्य दे रहा था मुझे त्रास पर त्रास।
किन्तु मैं उड़ा रहा था उसका उपहास।
भावना थी, दूसरों पर प्रकट न हो जाय—
पी हलाहल मैं बुझाता रहा जीवन-प्यास।
देखा—वहां आनन्द हुआ प्रकट अनायास,
और रुक गया, तनिक झुका वो मेरे पास।
बोला—'अरे मनमौजी,मैं आया हूं देखने—
किस पर तुम्हारा फूट रहा है यों अट्टहास!"

शरीर की सुन्दरता या असुन्दरता मन की भावनाओं से मूर्तिमान होती है। मूर्तिकार की छेनी जिस प्रकार पत्थर में सुन्दरता गाढ़ सकती हैं और कुरूपता भी,

ठीक उसी प्रकार मनोभावना व्यक्ति के चेहरे पर सुषमा की छाप भी अंकित कर सकती है अथवा उसकी मुख-मुद्रा को विकृत भी कर सकती है। **चिंता, चिड़चिड़ापन, असंतोष, प्रचंड क्रोध एवं धृष्टता और बेईमानी का कोई भी कार्य ईर्ष्या, द्वेष व भय की कोई भी भावना–इन सबका मानवीय शरीर पर दुष्प्रभाव अनिवार्य रूप से पड़ता है।** ये मनोविकार एक प्रकार के विष ही तो हैं,जो शरीर को अत्यंत विकृत कर देते हैं—उसके तेज, उसकी शक्ति का तेजी से ह्रास करते है। संयुक्त राज्य अमरीका की हार्वर्ड यूनिवर्सिटी के मनोविशेषज्ञ प्रोफेसर जेम्स का कथन है, "सूक्ष्म से सूक्ष्म सद्भावना या दुर्भावना हमारे मस्तिष्क पर एक स्थायी छाप छोड़ जाती है। यह अक्षरशः सत्य है कि मनुष्य द्वारा किया गया कोई भी कार्य—पाप या पुण्य,पूर्ण रूप से कभी नष्ट नहीं होता।" **बाहरी सुन्दरता के लिए भीतरी सौंदर्य वांछित है। मन स्वच्छ, निर्मल एवं निष्पाप हो, तो तन स्वतः रूपवान हो जाएगा।**

एक अनमोल विचार

कहते हैं, एक बार ड्वाइट मूडी नामक एक विद्वान ने अपने शिष्यों से कहा कि वे सबसे उत्तम कोई विचार सोचकर लाएं—और जिसका विचार सर्वश्रेष्ठ होगा,उसे 500 डालर पारितोषिक के रूप में दिए जाएंगे। जिस विचार पर पारितोषिक दिया गया,वह है,"लोग-बाग झुंझलाते है कि ईश्वर ने गुलाब के साथ आखिर कांटे क्यों लगाए हैं, किन्तु उन्हें तो उल्टा ईश्वर का कृतज्ञ होना चाहिए कि उसने कांटों के साथ गुलाब लगाया है।" कितना अनमोल एवं प्रेरणामय विचार है यह! इससे प्रेरणा प्राप्त कर, **मनुष्य को चाहिए कि वह केवल अपने अभिशापों को ही न देखे, अपने वरदानों को भी देखे। उसे वस्तुओं का काला पक्ष न देखकर उजला पक्ष देखना चाहिए।**

जीवन कोई फूलों की सेज नहीं है। इसमें फूल भी है, और कांटे भी। हमारा यह जीवन-संघर्ष कितना सुखद हो जाए, यदि हम कांटों और फूलों को समान रूप से ग्रहण करें। हमारी आधी मुसीबतें दूर हो जाएं,यदि हम ऐसी प्रवृत्ति बना लें कि संसार के सुख-दुःख, सम-विषम परिस्थितियां—मतलब यह है कि जो कुछ भी संसार में है, उसे हम शांत भाव से स्वीकार करें। फोण्टे नेली महोदय का कथन है, "अत्यन्त आशा लगाना भी प्रसन्नता के मार्ग में बाधा है।" वास्तविक जीवन में लोग-बाग यही करते हैं। वे आवश्यकता से अधिक अपेक्षाएं लगा बैठते हैं, जिसके कारण उन्हें प्रायः निराशा और असंतोष होता है। महान आविष्कारक एडीसन का

उदाहरण लीजिए। वे बरसों तक अत्यंत धनसाध्य प्रयोग करते रहे,और उनकी यही कामना थी कि वे जीवन-भर ऐसे वैज्ञानिक प्रयोग करते रहें,क्योंकि वे जानते थे कि सफलता-प्राप्ति के लिए उन्हें असंख्य प्रयोग करने पड़ेंगे। वे कभी निराश नहीं हुए। वे इतनी अपेक्षा कदापि नहीं लगाते थे कि उनका प्रयोग पहले ही प्रयास में सफल सिद्ध होगा। वे आवश्यकता से अधिक सफलता की आशा नहीं लगाते थे। उनकी धैर्य से प्रयोग करने में आस्था थी। यही कारण है, वे अन्ततः सफल हुए।

सर जॉन लुबॉक का कथन है, “मेरा यह दृढ़ विश्वास है कि यदि अध्यापक लोग अपने शिष्यों को यह सीख देने के साथ ही साथ कि उन्हें खुशी-खुशी कर्त्तव्य का पालन करना चाहिए,यह भी उनके हृदयों में पूरी तरह से बैठा दें कि प्रसन्न एवं प्रफुल्ल रहना भी एक अनिवार्य कर्त्तव्य है, तो यह दुनिया अब से कहीं अधिक सुखी एवं सुन्दर हो उठे।”

ऑलिवर वेण्डेल होम्स महोदय बुढ़ापे में भी बाल्यकाल की अपनी उस परिचारिका के प्रति अत्यन्त कृतज्ञ थे जिसने उनमें छोटी-छोटी दुःखदायी घटनाओं को भुलाने की आदत डाली थी। जब कभी ठोकर खाकर वे गिर पड़ते,या अपना घुटना छील लेते,या नाक फोड़ लेते, तो वह उन्हें रोने-चिल्लाने का अवसर दिए बिना ही झटपट उनका ध्यान उस क्षण-भंगुर पीड़ा से हटाकर किसी दूसरी ओर बंटा देती। वह किसी आकर्षक वस्तु की ओर उंगली-कर-करके उन्हें बहलाने लगती,या कोई मनोरंजक कहानी ही कहने लगती, या किसी पुरानी घटना का हवाला देकर उन्हें प्रमुदित करने की चेष्टा करती। अपनी सुखी एवं स्वस्थ दीर्घ जीवन के लिए होम्स महोदय उस परिचारिका के अत्यन्त आभारी थे। वे उसके गुण गाते न अघाते थे।

कष्टकर बातों एवं त्रासदायी घटनाओं को तत्काल विस्मृत करने की प्रवृत्ति बाल्यावस्था में सरलतापूर्वक विकसित की जा सकती है, किन्तु प्रौढ़ावस्था में इसका विकास करना बहुत कठिन होता है-और बुढ़ापे में आकर तो इसे पनपाना एक तरह से बिल्कुल असंभव ही हो जाता है।

एक अन्य लेखक भी इसी प्रकार की बात कहते हैं, “बचपन में एक बार मेरी उंगली कट गई। मैं लगा मारे दर्द के चीखने-चिल्लाने। इतने में न जाने घर में से किसने कहा कि शुक्र मनाओ कि केवह उंगली ही कटी है, कहीं बांह टूट जाती

तो क्या होता! मुझे इस बात से बड़ी सांत्वना मिली और मैं शांत हो गया। इसी से मिलता-जुलता एक अन्य प्रसंग है। एक बार मेरी आंख में चिंगारी पड़ गई। मैं जलन व पीड़ा से बिलबिला उठा। तभी परिवार के किसी सदस्य ने कहा, 'अरे, घबराओ नहीं, तुम्हारी आंखों में तो महज़ चिंगारी पड़ी है-तुम्हारा चचेरा भाई है न, उसकी दुर्घटना में आंख ही जाती रही थी।' यह बात सुनकर मेरा दुःख-दर्द आधा हो गया।"

बीचर महोदय ने कहा है, "हमें विपत्तियों का उतनी ही वीरता से सामना करना चाहिए, जितनी वीरता से न्यू इंगलैण्ड का बालक भयंकर जाड़ा सहन करते हुए स्कूल जाता है। वहां का स्कूल नगर से बाहर एक मील दूर एक पहाड़ी पर स्थित है। किन्तु घोर कड़कड़ाती सर्दी में उसका जीवट देखते ही बनता है। वह स्कूल का समय होते ही घर से निकल पड़ता है। घर बैठे-बैठे वह आग नहीं तापता रहता। वह बस्ता लटकाए-लटकाए आंधी,पानी और तूफान से जूझता हुआ स्कूल की ओर बढ़ता है। जब वह पहाड़ी के शिखर पर पहुंचता है, तो बर्फ के गाले उस पर गिरने लगते हैं, और उत्तर से आने वाली तीक्ष्ण और बदन को काटती ठंडी हवा उसके तन-बदन को ठिठुराने लगती है। किन्तु क्या मजाल कि वह इससे सहम जाए, और किसी आड़ में छिपने की चेष्टा करे, अथवा किसी मकान में शरण लेने के लिए इधर-उधर दौड़ पड़े। वह फुर्ती से कोट के बटन कसता है और तूफान से टक्कर लेते हुए उल्लास से आगे कदम बढ़ाता है। वह ठोकरें मार-मार बर्फ को उछालता चलता है। उसके मन में लेश-मात्र भी भय नहीं होता। उसकी छाती तनी हुई होती है और सिर गर्व से उठा होता है। उसके कपोलों पर हर्ष की लालिमा झलकती है और उसका मन दृढ़ एवं स्थिर होता है। इस प्रकार वह अंततः स्कूल पहुंचकर ही दम लेता है।"

बालकों को सिखाया जाना चाहिए कि वे प्रत्येक स्थिति में प्रसन्न रहने की आदत डालें, यह सीख देनी चाहिए कि वे प्रत्येक वस्तु का उज्ज्वल पक्ष देखें। "कुछ लोगों का चित्त तुरन्त शांत हो जाता है, किन्तु कुछ लोगों की मानसिक शांति एक बार भंग हो जाए तो फिर वह कठिनता से ही पुनः स्थापित हो पाती है। शान्तचित्तता की प्रवृत्ति का विकास किया जा सकता है। यह सीखी भी जा सकती है, और सिखाई भी। जिस प्रकार संगीत एवं कला की शिक्षा दी जाती है, ठीक उसी प्रकार मानव स्वभाव के इस महत्त्वपूर्ण विभाग में भी शिक्षा की सम्यक् व्यवस्था की जानी चाहिए। शांतचित्तता की इस भावना को हृदयगंम कराने के लिए उत्तम शिक्षकों का प्रबन्ध होना चाहिए। एक ऐसे विद्यालय की स्थापना की जानी चाहिए जहां नर-

नारियों को इस प्रकार का प्रशिक्षण दिया जाए कि वे जीवन में आने वाले संकटों एवं विपत्तियों में शांत एवं स्थिर रहें और उनसे साहसपूर्वक जूझते हुए उन से अपने को उबार ले जाएं।"

निश्चिन्त मण्डली

कुछ समय पूर्व की बात है कि न्यूयार्क नगर में एक सभा स्थापित की गई, जिसका। नाम रखा गया—'निश्चिन्त मण्डली'। इस मण्डली का उद्देश्य था—चिंता-ग्रस्त लोगों को चिन्ता से मुक्त कराना। हम इस मण्डली से प्रेरणा प्राप्त करके अपने यहां भी कोई ऐसा संगठन स्थापित कर सकते हैं, क्योंकि इस प्रकार की मण्डलियां विश्व में हर कहीं उपयोगी हैं। इसका कारण यह है कि चिंता एक सार्वभौम व्याधि है।

यदि आप सचमुच चिन्ता किए बिना नहीं रह सकते तो आपकी स्थिति असाधारण है। इसका अर्थ है कि आप मानसिक संतुलन खो बैठे हैं और आपका अपने पर से नियंत्रण उठ गया है, यद्यपि वह अभी प्रारम्भिक स्थिति में है। आपको किसी अन्य भयंकर रोग की तरह ही इस घातक चिन्ता-प्रवृति का इलाज करन चाहिए। आपको निश्चित रूप से इसका दमन करना चाहिए।

एक बहुत पुरानी कहावत है, 'सज्जन बनिए और आप प्रसन्न रहेंगे।' एक विदुषी महिला श्रीमती मेरी लिवर मोर का आग्रह है कि इस कहावत को उलटकर यों कहना चाहिए, 'प्रसन्न रहिए और आप सज्जन बन जाएंगे।' **चिन्ता अत्यन्त अमंगलकारी व्यसन है। इसका तुरंत बहिष्कार होना चाहिए। हम प्रबल इच्छाशक्ति के द्वारा ही इसका उन्मूलन कर सकते हैं। इस चिन्तारोग से छुटकारा पाने के लिए उल्लसित रहने का अभ्यास करना चाहिए।** जैसे वायलिन बजाने का अभ्यास किया जाता है, वैसे ही प्रसन्नचित्त रहने का भी अभ्यास करना चाहिए।

काम हमें नहीं मारता, मारते हैं चिंता, उद्विग्नता और मानसिक तनाव। ये हमारे शत्रु हैं। हमें यहां-वहां अपने अशिष्ट आचरण एवं मातमी सूरत का विज्ञापन नहीं करते फिरना चाहिए। किसीको क्या अधिकार है कि वह दूसरों की प्रसन्नता का हनन करे? महान दार्शनिक एमर्सन कहते हैं, "न तो घर में दीवार पर कोई शोकपूर्ण चित्र टांगो, और न अपनी बात को निराशाजनक बनाओ।"

यदि आप इस समय प्रसन्नचित्त नहीं हैं, तो तुरन्त ऐसी मुद्रा बनाइए, ऐसे बात करना शुरू

कर दीजिए और ऐसे व्यवहार कीजिए मानो आप सचमुच प्रसन्नचित्त एवं उल्लसित हैं। आप देखेंगे कि ऐसा करने से आपको प्रसन्नता प्राप्त हो रही है। प्रसन्नचित्तता के प्रसंग में एक हंसमुख महिला के उद्गार सुनते ही बनते हैं। उस महिला को जीवन में कभी भयंकर आर्थिक संकट का शिकार होना पड़ा था। रोटियों तक के लाले पड़ गए थे, किन्तु महिला ने कष्ट और मुसीबतों के उस पहाड़ को हंसते-हंसते झेला था; दुःख के समय में भी प्रसन्नचित्तता को बनाए रखा था। हां, तो उस महिला ने विपत्तियों के बीच में प्रसन्नचित्त बने रहने का रहस्य बताते हुए कहा, "आप जानते हैं, मेरे पास पैसा नहीं है,उस समय भी मेरे पास किसी को पैसे के नाम पर देने के लिए कुछ नहीं था; मेरी पूंजी यदि कुछ थी, तो वह था मेरा व्यक्तित्व। मैं उसी में से किसी को कुछ दे सकती थी। अतःमन में एक दृढ़ निश्चय कर लिया कि अपने दुःख-दर्द को प्रकट करके और अपनी उदास मुद्रा से किसी को चिन्तातुर न करूंगी। मैं सदा प्रसन्नवदन दिखने का प्रयत्न करती। यहां तक कि जब जी रोने को होता, तब भी मैं लोगों से हंस-हस कर बातें करती। मैंने हर मुसीबत को हंस-हंस कर झेला है। मेरा सदैव यह प्रयत्न रहा है कि मेरे पास से जो भी जाए खुश-खुश जाए वह मेरे पास से कोई प्रेरणादायक विचार लेकर जाए। मैं अपने संसर्ग में आने वाले व्यक्ति की उचित प्रशसां करती हूं, जिससे उसको अत्यन्त प्रसन्नता होती है। और किसी को प्रसन्नता प्रदान करके स्वयं को प्रसन्नता प्राप्त होना स्वाभाविक है। **प्रसन्नता ही प्रसन्नता की जननी है। प्रसन्नतो-दान का अर्थ है–प्रसन्नता-प्राप्ति।** अपनी इस प्रवृत्ति के कारण मैं आज स्वयं अत्यधिक प्रसन्न हूं। यदि मैं मुसीबत के वक्त हाथ पर हाथ रखकर बैठ जाती और अपने दुर्भाग्य का ही रोना रोती रहती,तो आज मुझ-सा दुखी कोई न होता। किन्तु मैं हंसमुख रहने की प्रवृति के कारण स्वयं को अपेक्षाकृत अधिक प्रसन्न स्थिति में अनुभव करती हूं।"

सुख के समय तो हर कोई प्रसन्न रह सकता है, किन्तु प्रशंसा का पात्न वह व्यक्ति है जो दुःख में भी स्थिर, शान्त एवं प्रफुल्ल रहता है। जीवन में सुख-दुःख को समानभाव से ग्रहण किया जाना चाहिए। निम्न पंक्तियां इस विषय में प्रेरणा प्रदान करेंगी:

जब जीवन में गीत की तरह मधुर लय हो
तो प्रसन्न होना साधारण बात है।
किन्तु जब सब कुछ प्रतिकूल हो जाय
तब भी जो मुस्करा सके वह 'मनुज' है।

जीवन में विपदाएं आती ही रहती हैं
और उन्हींमें सच्ची परीक्षा होती है मनुज की
वही मुस्कान दुनिया में सबसे मूल्यवान है
जो आसुओं के बीच से फूट निकली हो!

आनन्द का खज़ाना

महिलाओं की प्रिय पत्रिका में कुछ दिन हुए प्रसन्न-चित्तता के विषय में एक दृष्टांत प्रकाशित हुआ था जिसमें एक महिला की हंसमुख प्रकृति का उल्लेख किया गया था। वह इस प्रकार था :

"वह एक वृद्ध महिला है, किन्तु उसका चेहरा इतना शान्त है,मानो उसने जीवन में कभी कोई कष्ट न झेला हो। वह चिन्ताओं एवं उद्वेगों से सर्वथा मुक्त जान पड़ती है जिनसे साधारण नारी ग्रस्त रहती है। एक दिन एक चिन्ता-ग्रस्त महिला ने उससे पूछा, 'आपके प्रसन्न रहने का कारण क्या है?' यह सुनकर वृद्धा के चेहरे पर प्रसन्नता की एक लहर दौड़ गई और उसका चेहरा एक दिव्य प्रकाश से दीप्त हो उठा।

"वह बोली, 'बहन मेरी प्रसन्नता का कारण यह है कि मैंने एक आनन्द-कोष बना रखा है!'

" 'क्या बना रखा है?' चिन्तातुर महिला ने अचरज से भर कर पूछा।

" 'एक आनन्द-कोष! बचपन में ही मैंने इस सत्य को हृदय में बिठा लिया था कि जीवन का कोई भी दिन इतना अन्धकारमय नहीं होता कि उसमें प्रकाश की किरणों का सर्वथा अभाव हो। मैंनें तभी से अपना एक नियम बनाया हुआ है और वह है—अपनी डायरी में जीवन के प्रत्येक दिन की छोटी-से छोटी घटनाओं, अनुभूतियों एवं प्रसंगों को नियमित रूप स लिपि-बद्ध करना। बस,यही डायरी मेरा आनन्द-कोष है। जब से मैंने स्कूल छोड़ा है, तब से मैं बराबर हर साल के हर दिन का ब्योरा अपनी डायरी में लिखती आ रही हूं। बात चाहे कितनी भी छोटी क्यों न हो, उसे मैं लिपि-बद्ध किए बिना नहीं छोड़ती। मान लो, किसी दिन मुझे नया गाउन पहनकर प्रसन्नता हुई हो, तो मैं उस दिन के पृष्ठ में इस बात का उल्लेख करती हूं। इसी प्रकार यदि किसी दिन किसी सखी से मनोरंजक बातचीत की हो,या अपने पति की सहृदयता से प्रसन्न हुई होऊं, मैं उसे भी अंकित कर लेती हूं। कोई फूल देख

कर,कोई पुस्तक पढ़ कर, कहीं खेतों में सैर करके, किसी स्नेही का पत्र पाकर, किसी संगीत-कार्यक्रम में जाकर अथवा कार में घूमकर—मतलब यह कि जिस दिन जो विशेष घटना होती है, वह मेरी दैनिकी में, मेरे आनन्द-कोष में संचित हो जाती है। जब कभी मुझ पर निराशा हावी होने लगती है, तो मैं तुरन्त इस आनन्द-कोष को खोल लेती हूं और कुछ पन्ने पढ़ लेती हूं। आनन्द-कोष में अंकित इन सुखद स्मृतियों को दुहरा कर मुझे महसूस होता है कि मैं कितनी भाग्यशाली स्त्री हूं कि मेरे दिन इतने अच्छे बीते हैं। यदि तुम कहो तो मैं तुम्हे अपना वह आनन्द-कोष दिखाऊं।'

"वह उठी, और अपनी सुखद स्मृतियों का भण्डर—वह डायरी उठा लाई और उस महिला को थमा कर बोली, 'लो देखो' सखी ने धीरे-धीरे सरसरी निगाह से पन्ने पलटने शुरू किए और बीच-बीच में कही-कहीं से थोड़ा पढ़ती भी जाती। एक दिन के पृष्ठ पर लिखा था—'मां का एक स्नेहपूर्ण पत्र मिला था। बाल बांधने का वह क्लिप जो गुम हो गया था, मिल गया है। गली में एक खूबसूरत एवं हंसमुख लड़की को गुज़रते देखा, संध्या को वे (पति) मेरे लिए गुलाब के कुछ फूल लाए।'

"अपने उस आनन्द-कोष में उस महिला ने अपने स्वाध्याय के अन्तर्गत श्रेष्ठ प्रेरणाप्रद एवं आनन्ददायक काव्य- पंक्तियों तथा गद्यांशों के उद्धरण भी लिपि बद्ध कर रखे थे। आनन्दमय जीवन का रहस्य जानने वाली उस महिला का वह आनंन्द-कोष 'सत्य, शिव, सुन्दर' का संगम बन गया था। यह उसकी आनन्द-संचय की प्रवृति का फल था।

" 'तो क्या तुम्हें जीवन में प्रतिदिन प्रसन्नता प्राप्त हुई है?' चिन्ताग्रस्त सखी ने पूछा।

" 'निस्संदेह प्रतिदिन!' प्रसन्न चित्त वृद्धा ने मंद स्वर में उत्तर दिया, 'मुझे अपने इस सिद्धान्त को कि हर दिन प्रसन्नता से परिपूर्ण है, सत्य सिद्ध करना था। मैंने निरन्तर प्रसन्नता की खोज की और प्रति दिन खुश रहने का यत्न किया।'

"शिष्टाचार का तकाज़ा तो यही था कि आगन्तुक महिला उस डायरी को उसकी स्वामिनी को लौटा देती और उसके पृष्ठों को उलटना-पलटना बन्द कर देती। किन्तु नहीं,उसने जिज्ञासावश आगे पढ़ना जारी रखा। देखते ही देखते उसकी दृष्टि एक पृष्ठ पर अटक गई, जिसपर लिखा था—जब 'उनके'(पति के) प्राण-पखेरू उड़े, तो 'उनका' हाथ मेरे हाथ में था—और मेरा नाम उनके अधरों पर था।"

क्रीमिया के एक युद्ध में एक तोप का गोला एक किले के भीतर जा फटा। गोले का विस्फोट किले में स्थित एक सुन्दर बगीचे में हुआ था। विस्फोट से बगीचे की भूमि में एक भोंड़ा-सा गड्ढा हो गया—और देखते-देखते गड्ढे में से एक जल का स्रोत फूट पड़ा,जो आज तक झर रहा है। हमें इस घटना से प्रेरणा लेनी चाहिए। जिस प्रकार संकट काल में यह जल-स्रोत वरदान की तरह प्रकट हुआ,उसी प्रकार यदि हम अपनी सांसारिक विपदाओं में उल्लास एवं प्रफुल्लता की अजस्र धारा प्रवाहित करें, तो कितना सुन्दर हो! **संकटकाल में स्थिर रहकर हमें जीवन के प्रति आस्था और विश्वास बनाए रखना चाहिए। दुःख की बेला में दूसरों का हित करने का प्रयास कीजिए। इससे अन्य लोगों का तो भला होगा ही, आपको भी प्रसन्नता प्राप्त होगी। यदि आप शांतचित्त होकर संकटों का सामना करें, और सतत प्रसन्न रहने का प्रयास करें, तो ये कष्ट भी वरदान सिद्ध हो सकते हैं।** हमें जीवन इसलिए नहीं मिला कि इसे हम शोक व चिन्ता में व्यर्थ गंवा दे; यह हमें इसलिए मिला है कि हम प्रसन्न चित्त होकर मानव-मात्र की निःस्वार्थ सेवा करें।

रस्किन कहते हैं, "स्वस्थ होने पर मनुष्य का प्रसन्न चित्त रहना उसी प्रकार स्वाभाविक है, जिस प्रकार उसके गालों पर लाली। यदि कोई मनुष्य स्थायी रूप से उदासीन रहता है तो इसका अर्थ है कि या तो वह दूषित वायु का सेवन करता है, अपुष्टि कर भोजन करता है, नीरस व अरुचिकर काम करता है,अथवा उसका जीवन दुर्व्यसनों से ग्रस्त है। **जीवन की कोई सर्वप्रथम दुष्प्रवृत्ति है, तो वह है प्रसन्नता का अभाव। उदासीनता अपने-आपमे एक व्यसन है।** जीवन में ऐसी भी परिस्थितियां आती हैं जब हम विवश-से होकर कोई दुर्व्यसन अपना लेते हैं। किन्तु परिस्थितियों की दुहाई देकर हम अपने इस कर्त्तव्य से कि हम सदा प्रसन्न रहें, बच नहीं सकते। हमारा कर्तव्य है कि हम सभी परिस्थितियों में प्रसन्नचित्त रहें। माना कि हम मनुष्य-मात्र हैं, किन्तु **यह हमारा सौभाग्य है कि हम दिव्य जीवन व्यतीत कर सकते हैं। स्रष्टा ने हमें आनन्द का वरदान दिया है। इसे कृतज्ञ-भाव से ग्रहण कर, हमें हंसते-हंसते जीना चाहिए।**

हमारी कठिनाई यह है कि हममें इच्छा-शक्ति का अभाव है। जब मनुष्य की आदतें दृढ़ हो जाती हैं, तो फिर उनको बदल पाना प्रायःअसंभव हो जाता है। बदलना चाह कर भी उन्हें बदल पाना बस से बाहर की बात दिखाई पड़ती है। फिर तो यही है कि इंसान बैठा-बैठा अपनी आदतों का तमाशा देखा करे।अधिक

से अधिक वह यही कर सकता है कि अपनी उन आदतों के लिए अपने-आपको कोसे। संकल्पहीन व्यक्ति आदतों की कठोर ज़जीरों में ऐसे बंध कर रह जाता है कि वह अपने को नितांत असहाय अनुभव करता है। असमर्थता उस समय और बढ़ जाती है, जब वह देखता है कि जिन छोटी-छोटी आदतों को वह सर्वथा अपने वश में समझता था, उन सबने मिल कर एक भंयकर रूप धारण कर लिया है और अब वह बुरी तरह से उनके जाल में फंस गया है। किन्तु इस पर भी उसके लिए बिल्कुल हताश होने की कोई बात नहीं है। वह अब भी अपनी प्रवृत्तियों पर नियंत्रण कर सकता है। प्रसन्नचित्तता की प्रवृत्ति एवं आशावादी दृष्टिकोण उसके जीवन का कायाकल्प कर सकते हैं। परन्तु इसके लिए प्रबल इच्छा-शक्ति अनिवार्य है। इससे पूर्व कि आदतें बेकाबू हो जाएं, इच्छा-शक्ति के द्वारा उनपर नियंत्रण किया जाए। सबल एवं ओजस्वी संकल्प-शक्ति द्वारा हम स्वस्थ एवं प्रफुल्ल रह सकते हैं। मनुष्य के शारीरिक एवं मानसिक स्वास्थ्य के लिए इच्छा-शक्ति का सर्वाधिक योगदान होता है। **यदि मनुष्य दृढ़ निश्चय के द्वारा अपने भीतर ऐसे सद्विचारों का विकास करे जो मानसिक शांति प्रदान करते हैं, तो उसका जीवन संतोष एवं आत्म-सुख से पूर्ण हो सकता है। यदि इच्छा-शक्ति को पूर्ण रूप से क्रियान्वित किया जाए, तो यह हमें अस्वस्थ चित्तवृत्तियों—चिंता, निराशा एवं अन्य अन्तर्विरोधों से मुक्ति दिलाकर शांति के स्थायी साम्राज्य में ले जाती है।** जीवन के आरंभ में प्रसन्नचित्तता की प्रवृत्ति अपनाने की दिशा में जितना ध्यान दिया जाए उतना थोड़ा है। प्रबल आशावादी व्यक्ति सदैव जीवन का शुक्ल पक्ष ही देखता है। इससे उसकी प्रवृत्ति में प्रसन्न रहने की प्रवृत्ति अपने-आप विकसित हो जाती है।

7

ज़िन्दादिली की महिमा

जेम्स बकहम महोदय ने प्रफुल्ल हृदय व्यक्ति का सुन्दर दृष्टांत दिया है, जो इस प्रकार है, "एक अत्यन्त वृद्ध हैं, जो प्रतिदिन प्रातः साढ़े आठ बजे की गाड़ी से शहर जाते हुए स्टेशन पर मिलते हैं। उनका छोटा-सा व्यक्तित्व बड़ा मोहक है। वैसे मैं उनके नाम तक से परिचित नहीं: फिर भी ऐसा लगता है मानो मैं नगर के किसी अन्य आदमी की अपेक्षा उनसे अधिक परिचित होऊं। उन्हें आप कहीं भी देखिए, वे आपको प्रसन्नता व आनन्द बिखेरते मिलेंगे। उनके चेहरे पर सदा एक मधुर मुस्कान नाचती रहती है। उनकी वाणी जैसे उल्लास का स्रोत ही है। उनके स्वभाव की मृदुता देखते ही बनती है। उनकी बातें सहृदयता एवं शिष्टता से ओतप्रोत रहती हैं। हर आदमी उनको अभिवादन करता है। यहां तक कि अपरिचित भी, और वे भी हरेक की दुआ-सलाम का मुस्करा कर उत्तर देते हैं। मज़ेदार बात यह है कि बिना जान-पहचान के ही नमस्कार चलता है। उन वृद्ध महाशय का व्यक्तित्व ही कुछ ऐसा है कि परिचय न होने पर भी लोग-बाग उनसे परिचय-सा अनुभव करते हैं। किसी दिन मौसम सुहावना हो तो वे बड़े उल्लास से उसकी सराहना करते हैं। उनकी प्रशंसा से ऋतु मानो और सुहावनी हो उठती है। किसी दिन वर्षा हो रही हो तो वे बरसाती मौसम की इतने मनोरंजक ढ़ग से प्रशंसा करते है कि लगता है मानो वातावरण में इन्द्र-धनुषी किरणें बिखर गई हों। ऐसे समय उनके चेहरे पर प्रफुल्लता के दीप जगमगा उठते हैं। उनका तर्जे-बयां बड़ा दिलचस्प है। जो भी व्यक्ति प्रातः

साढ़े आठ बजे की गाड़ी से शहर जाता है, वह उन महाशय को बखूबी जानता है। प्रातः साढ़े आठ बजे की गाड़ी एक तरह से उन्हीं की गाड़ी है, क्योंकि उस का प्रत्येक यात्री उनका सम्मान करता है, उनके समीप बैठकर गर्व अनुभव करता है। आप भी ज़रा जल्दी कीजिए, मैं आज आपको उन सज्जन के दर्शन कराऊंगा—किन्तु प्रात: साढ़े आठ बजे की गाड़ी कहीं निकल न जाए। आज धुंध और जाड़े ने तो हद ही कर दी है। परन्तु यदि आपको उन महाशय की झलक-भर मिल जाए तो आप सारा काया-कष्ट तुरन्त भूल जाएंगे। उनको देखते ही आप बरबस पुलकित हो उठेंगे और आपका मन करेगा कि आप चहक उठे तथा मधुर सीटी बजाने लगें। यदि ऐसा न हुआ तो मैं समझूंगा कि मैंने मानव-प्रकृति को ठीक से समझा ही नहीं।"

प्रफुल्ल हृदय व्यक्ति का व्यवहार अपरिचितों के प्रति कैसा होता है इसका परिचय निम्न रोचक प्रसंग में मिलता है :

एक हंसमुख व्यक्ति रेलवे प्लेटफार्म पर गाड़ी पकड़ने के लिए लपका जा रहा था कि उसने परिचितों की भांति अभिवादन किया, "नमस्कार महोदय!"

किन्तु जिस व्यक्ति को नमस्कार किया गया था,वह सहृदय न निकला। वह मनहूस प्रकृति का था उसने शुष्क स्वर में उत्तर दिया, "किन्तु महाशय! मैं आपको जानता तक नहीं।"

हंसमुख व्यक्ति ने शिष्टतापूर्वक कहा, "मैंने ऐसा कब कहा कि आप मुझसे परिचित हैं। मान्यवर, मैं तो आपको नमस्कार कर रहा हूं—मेरा नमस्कार स्वीक कीजिए।"

व्हिपल महोदय का कथन है, "कुछ लोग जन्म से ही इतने हंसमुख होते हैं कि उनकी यह प्रकृति एक अद्भुत शक्ति का रूप धारण कर लेती है।" फ्रीमैन क्लार्क कहते हैं, "यदि संसार में हंसमुख या प्रसन्न चित्त लोग न होते, जिन्हें सिरजते समय स्रष्टा ने यह ध्यान रखा है कि उनके हृदय में कहीं कर्कशता, उत्तेजना या कटुता व दुष्प्रवृत्तियां न पैठ जाएं और जिन्हें प्रफुल्लता का वरदान देकर उसने सुख, शान्ति सांत्वना एवं आनन्द का अजस्र स्रोत बनाया है, तो हमारा दुःखों से परिपूर्ण यह जीवन कैसे कट पाता और हम संसार में कैसे रह पाते। कुछ लोगों की : उपस्थिति-मात्र से वातावरण में एक अलौकिक उल्लास बिखर जाता है। जहां भी उनके चरण

पड़ते हैं, वहीं सुख-शांति बरसने लगती है। उनके हृदय में निर्धनों के प्रति दया-भाव एवं दुखियों के प्रति सहानुभूति होती है। वे संकटग्रस्त व्यक्तियों के लिए सदैव तत्पर रहते हैं और संसार में सभी व्यक्तियों के प्रति सज्जनता, शिष्टता एवं उदारता का व्यवहार करते हैं। हर कोई ऐसे ज़िन्दादिल व्यक्ति से प्रेम करता है; हर कहीं उसका स्वागत होता है; हर द्वार उसके लिए खुला है। वह न तो किसी से पक्षपात बरतता है और न ही किसी से ईर्ष्या करता है, क्योंकि उसके हृदय में हर किसी के प्रति सद्भावना होती है। जैसे सूर्य की किरणों की गति हर जगह पर होती है, वैसे ही उसका प्रवेश भी हर जगह होता है।

कार्लाइल अपनी 'संस्मरण' नाम पुस्तक में ख्यातनामा साहित्यकार एडवर्ड इविंग के प्रेरणाप्रद व्यक्तित्व की चर्चा करते हुए लिखते है, "इविंग स्टोन का हृदय अत्यन्त शांत एवं सौम्य था। वह दर्पण की भांति स्वच्छ व निर्मल था। वे हर किसी से सच्चे हृदय से प्यार करते थे। दूसरे भी उन्हें हृदय से चाहते थे। उनकी वाणी मेरे हृदय में नवीन आशा का संचार करती थी, और मुझे आशीर्वाद-स्वरूप जान पड़ती थी।"

प्रसिद्ध कवि साउथे ने लब्धप्रतिष्ठ साहित्यकार विलियम फोर्स को इस प्रकार श्रद्धांजलि अर्पित की है, "मैंने जीवन में उन जैसा व्यक्ति नहीं देखा, जिसका हृदय इतना शांत हो और जिसका चरित्र इतना उज्ज्वल एवं उदार हो।"

टॉमहुड महोदय ने एक स्थान पर लिखा है, "मैंने संकल्प किया है कि मैं जीवन-भर सूर्य की भांति हर वस्तु का उज्ज्वल पक्ष ही देखा करूंगा।"

महान साहित्यकार गोल्डस्मिथ जिन दिनों फ्लैंडर्ज में थे, उन्हें एक ऐसा प्रफुल्ल हृदय व्यक्ति देखने में आया, जैसा उन्होंने तब तक न देखा था। सुबह से शाम तक उसे कमर तोड़ मेहनत करनी पड़ती थी, किन्तु क्या मजाल कि उसके चेहरे पर चिंता की कोई शिकन भी पड़ जाए। वह दिनभर गाता और खिलखिलाता रहता था आपको यह जानकर आश्चर्य होगा कि वह प्रसन्नमुख व्यक्ति, जिसकी चरम प्रफुल्लता का गोल्डस्मिथ ने विशेष रूप से जिक्र किया है, एक अदना गुलाम था, जो कुरूप होने के साथ-साथ पंगु भी था और उसके हाथ-पैरों में बेड़ियां पड़ी थी। किन्तु वह उन बेड़ियों से बेखबर था और ज़िन्दगी को हंसते-खेलते गुज़ार ही नहीं रहा था, बल्कि सच्चे अर्थों में 'जी' रहा था। उसके जीवन की परिस्थितियों और

उसकी प्रफुल्लता में कितना विरोधाभास है! वह गुलाम दुःख में भी सुखी रहने का कितना सुन्दर दृष्टान्त प्रस्तुत करता है! इससे हमें प्रेरणा मिलती है कि **जीवन में चाहे कितना भी अंधेरा क्यों न हो, उसमें प्रकाश की कोई न कोई किरण अवश्य ही ढूंढ़ी जा सकती है, ताकि जीवन कुछ और सुखमय हो जाए। हमें निराशा में आशा की किरणें ढूंढ़नी चाहिए और काली रात के अंधेरे में उषा का आलोक देखना चाहिए।** जीवन में सुख की अनुभूति प्रायः क्षणिक होती है—दुःख और विषाद के बादलों में अकस्मात् कौंधती है **और मानस को कुछ पल के लिए** पुलकित कर तुरन्त लुप्त हो जाती है। किन्तु प्रफुल्लता तो उस मीठी और मादक धूप की तरह है जो आत्मा को सदा शांति और निर्मलता का वरदान देती है।" प्रफुल्लता में स्थायित्व का गुण रहता है। **प्रफुल्लता का प्रभाव सदैव चमत्कारपूर्ण होता है। वह निराशा को आशा में, और अंधेरे को आलोक में बदल सकती है।** प्रफुल्लता की किरणे सूर्य-रश्मियों की भांति अंधेरे में डूबे संसार को सौन्दर्य से ओतप्रोत स्वर्ग में बदल सकती हैं।

लंदन में एक बार फूलों की प्रदर्शनी हुई। पहला इनाम एक बीमार-सी दिखने वाली एक छोटी-सी लड़की को मिला। लड़की लंदन के एक अंधेरे और तंग इलाके में रहती थी। निर्णायकों ने लड़की से पूछा कि अपने तंग और प्रकाश से रहित मकान में वह कैसे ऐसा सुन्दर और प्रतियोगिता में सर्वश्रेष्ठ सिद्ध होने वाला फूल उगा पाई। लड़की ने बताया कि उसके मकान के आंगन में सूरज की एक-आध किरण ही पहुंच पाती थी। सुबह ज्योंही वह किरण आंगन में प्रविष्ट होती,वह फूल वाला गमला उसके सम्मुख कर देती, और जैसे-जैसे धूप अपनी दिशा बदलती थी,वह गमले को भी उसी ओर सरकाती जाती थी ताकि दिन में फूल को सूर्य की रोशनी मिलती रह सके।

"आदमी चाहे तो हर हाल मे खुश रह सकता है, क्योंकि प्रकृति हर आदमी को पानी, हवा और रोशनी प्राकृतिक रूप से देती है—और ये तीन चीजें ऐसी हैं जिनके आधार पर मनुष्य स्वस्थ और प्रफुल्ल रह सकता है।" वाल्ट व्हिमैन अपने बारे में बताते हुए कहते हैं, "आज से बारह साल पहले ज़िंदगी से तंग आकर,एक तरह से मरने के लिए तैयार होकर, मैंने एक गांव में आकर शरण ली। लेकिन ज्यों-ज्यों प्रकृति से मेरी निकटता बढ़ती गई,जीवनकी जड़े दिन-ब-दिन जमती गईं। मैं रोज़ खेतों में निकल जाता,प्रकृति की गोद में विचरता,सूर्य की किरणों को पीता, धूप में नहाता,वन पक्षियों व गिलहरियों के साथ अठखेलियां करता। कभी-कभी मैं

तालाबों और झरनों में उतरकर मछलियों के साथ नहाया करता। इस प्रकार प्रकृति ने मेरा स्वास्थ्य और मेरी प्रसन्नता पहले से कई गुना बढ़ाकर मुझे लौटा दी।"

फ्लोरेंस नाइटिंगेल ने,जो जीवन-पर्यन्त रोगियों की सेवा में लीन रहीं,अपने अनुभव के आधार पर कहा है, "ताज़ा हवा के बाद रोगी को यदि कुछ चाहिए तो वह है सूरज की रोशनी। अंधेरे और बन्द कमरों से रोगी घबराते हैं। खुले में सूर्य . की किरणों से उनके चेहरों पर रौनक लौट आती है। कृत्रिम प्रकाश की अपेक्षा वे पूर्य का सीधा प्रकाश अधिक पसन्द करते हैं।"

अमेरिका के एक प्रसिद्ध डाक्टर एक स्थान पर कहते हैं, "हवा को स्वास्थ्यप्रद बनाए रखने के लिए खुली धूप अत्यन्त आवश्यक हैं। अंधेरे में कोई पौधा नहीं उग सकता, और न ही कोई आदमी बन्द और अंधेरे कमरे में ज़िंदा रह सकता है। अपनी बात की पुष्टि के लिए उपर्युक्त डाक्टर महोदय ने यह उदाहरण दिया है, "जब मैसाचुसेट्स में अंधों के लिए पहला शरणालय खोला गया तो प्रबन्धक कमेटी ने शरणालय के भवन में खिड़कियां न बनवाकर खर्चा बचाने का फैसला किया। कमेटी का कहना था कि अंधों को रोशनी की आखिर क्या ज़रूरत है, (क्योंकि वे देख नहीं सकते) जो खिड़कियों पर बेकार का खर्च किया जाए। फलतः खिड़कियां नहीं बनवाई गईं। वैसे हवा के आवागमन के लिए रोशनदानों की पूर्ण व्यवस्था की गई। खिड़कियों से वंचित यह भवन जब बन गया तो अन्धों को उसमें ला बसाया गया लेकिन कुछ ही दिनों में अधिकारियों को अपनी गलती का पता चल गया। एक-एक करके लोग बीमार पड़ने लगे और अन्धों की उस दुनिया में निराशा और विषाद का सा वातावरण छा गया। वे जैसे किसी चीज़ के लिए छटपटा-से रहे थे, लेकिन पता नहीं लग पा रहा था कि आखिर वह चीज़ है क्या? इस बीच दो-एक अंधों की मृत्यु भी हो गई, और एक के बाद दूसरा—सभी बीमार पड़ गए। कमेटी के सदस्यों ने जब यह देखा तो उन्होंने तुरन्त ही खिड़कियां बनवाने की व्यवस्था की। खिड़कियों की राह से ज्योंही किरणों ने प्रवेश किया, बुझे-बुझे और पीले चेहरों पर रौनक लौट आई—उनके दिनोंदिन ढीले पड़ते हुए अंगों में फुर्ती दौड़ने लगी और पस्त पड़ती हुई हिम्मत एक बार फिर से जाग उठी। प्रत्येक आदमी का स्वास्थ्य कुछ ही दिनों में सामान्य स्थिति में लौट आया।"

सूर्य रश्मियां प्रकृति का मनुष्य को वरदान हैं। **सृष्टि का सम्पूर्ण जीव-जगत् सूर्य के प्रकाश के सहारे जीवित है-बढ़ता है और फलता-फूलता है। सूरज की**

सुहानी धूप में जादू का सा प्रभाव है। यह आदमी के मन और मस्तिष्क को विकसित कर देती है। यदि खिली धूप की तरह आदमी की रूह भी रोशन हो, तो वह ज़िन्दादिली से और हंसते-खेलते जी सकता है। हो सकता है कि उसकी ज़िन्दगी में कभी अंधेरा भी छा जाए, निराशा और दुःख के बादल उसको लीलने को बढ़े, लेकिन उसके हृदय में अगर प्रमुदित बने रहने की थोड़ी-सी भी प्रवृत्ति हो तो वह दिल को कभी छोटा नहीं करता और न ही आशा के आंचल को अपने हाथ से जाने देता है। वह चाहे जो भी काम कर रहा हो, किसी भी पेशे में क्यों न हो, उसका सम्मान करता है और आस्था तथा ईमानदारी से उसे करता रहता है। उसे फटे चीथड़े भी क्यों न पहनने पड़े, वह उनको आत्म गौरव से पहनता है कि वे भी उसको फबने लगते है और उसके मधुर व्यक्तित्व का अंग बन जाते हैं। वह न सिर्फ खुद प्रसन्न रहता है, बल्कि अपने साथ औरों को भी खुशी देता है—उन्हें भी प्रसन्न रहने की कला से परिचित कराता है।

यदि आपको किसी ऐसे आदमी का चेहरा देखने का सौभाग्य प्राप्त हो जिसके हृदय में कोई महान नैतिक उद्देश्य करवटें ले रहा हो, जिसकी आंखों के सामने कोई ऊंचा लक्ष्य हो, तो आप देखेंगे कि उसके चेहरे पर दिव्य आभा चमकती है और एक विशेष प्रकार की रौनक—एक तेज उसके प्रत्येक हाव-भाव से फूट पड़ता है।

महर्षि एमर्सन कह गए हैं, "नाशपाती के फलने-फूलने के लिए, जिस प्रकार सूर्य-रश्मियों की आवश्यकता है, ठीक उसी प्रकार ज्ञान को उपयोगी बनाने के लिए ज़िन्दादिली अथवा बौद्धिक प्रफुल्लता आवश्यक है।"

महान इतिहासकार कार्लाइला भी इसका समर्थन करते हुए कहते हैं, "प्रफुल्लता की शक्ति और उसका चमत्कार देखते ही बनता है। इसका प्रभाव अनुमान से परे की बात है। इसकी सामार्थ्य अथाह है। स्थायी महत्त्व के कामों में सदा प्रफुल्लता की पुट रहनी चाहिए। यदि वे कार्य सतत रूप से प्रफुल्लता और उल्लास को प्रोत्साहित नहीं करते, तो उनका स्थायित्व खतरे में पड़ जाएगा। वह वस्तु उतनी ही स्थायी होगी, जितनी कि उसकी पृष्ठभूमि में ज़िन्दादिली होगी, और होगी एक चमक—एक आभा, जो सौंदर्य में से उत्पन्न होती है।

ज़िन्दादिल आदमी जहां रहता है, प्रसन्नता उसके साथ जाती है, रौनक उसके साथ जाती है। उसकी उपस्थिति-मात्र से दूसरों के चेहरे ऐसे खिल उठते है

जैसे वसंत ऋतु में बागों में फूल, और खेतों तथा वनों में हरियाली। उसका व्यक्तित्व मिलने-जुलने वालों को एकदम उत्साह से भर देता है और उनमें निहित 'सर्वश्रेष्ठ' को बाहर ले आता है, जिससे उन्हें भी आत्म गौरव की अनुभूति होती है। उसकी उपस्थिति में वे अपने को पहले की अपेक्षा कहीं अधिक शक्तिशाली, साहसी और सुखी अनुभव करते हैं। इस तरह का सदाप्रसन्न व्यक्ति धरती के उस छोटे-से प्रदेश को, जिसमें वह रहता है, खुशियों से भरपूर कर देता है, ताकि उसके आसपास के लोग भी हंसते-खेलते जीवन बिता सकें। उसकी उपस्थिति में जीवन बोझ-सा नहीं महसूस होता बल्कि वह एक अद्भुत सुख-सुषमा से भर जाता है। सौभाग्य से ऐसे आदमी से, कहीं सुबह-सुबह मुलाकात हो जाए तो हमारा दिन हंसी-खुशी से बीतता है। वह कुछ ऐसी प्रेरणा दे जाता हो जो हर काम को, हर कठिनाई को आसान कर देती है और सब कुछ अपने-आप मज़े से होता चलता है। ज़िन्दादिली के साथ जब वह औरों से हाथ मिलाता है तो उनकी रगों में एक उत्साह,एक पुलक-सी दौड़ जाती है। उसके साथ घडी-भर बात करलेने से ही जीवन एक बार फिर से सार्थक दिखाई देने लगता है। प्राणों में एक स्फूर्ति भर जाती है। सोई हुई शक्तियां जाग उठती हैं। उत्साह बढ़ जाता है और हम अपने कर्त्तव्य-कर्म पर,चाहे वह कितना भी कठिन और श्रम-साध्य क्यों न हो, जुट जाते हैं।

एक विद्वान कहते हैं, कई आदमियों का दिल बहुत बड़ा होता है। उनमें पौरुष कूट-कूट कर भरा होता है और इंसानियत उनके अंग-अंग से टपकती है। उनके व्यक्तित्व से सूरज की भांति किरणे फूटती हैं। जिधर वे जाते हैं, पौ-सी फट जाती है। उनकी उपस्थिति-भर से वातावरण बदल जाता है। उनकी बातचीत, दूसरों से उनका व्यवहार जीवन में रुचि बढ़ा देते हैं। ज़िन्दगी की मशीन में वे तेल का सा काम करते हैं जिससे ज़िन्दगी के पहिये की रफ्तार कुछ तेज़ हो जाती है। वह बड़ी नरमी से, हल्के-फुल्के ढंग से घूमने लगता है। ऐसे लोग अपने पीछे अपना अद्भुत प्रभाव छोड़ जाते हैं। उनसे मिलकर हमें सादे और सच्चे जीवन का मार्ग मालूम होता है। भला हो खुशी बांटने वाले ऐसे लोगों का, जो सभ्यताकी सर्वश्रेष्ठ शक्तियों के प्रतिनिधि हैं।"

बेवक्त हंसना शिष्टाचार के विरुद्ध माना जाता है, किन्तु मुस्कराता हुआ चेहरा, जिसकी पृष्ठभूमि हंसता हुआ दिल हो, सदाप्रशंसनीय है। महर्षि एमर्सन की मुस्कान को कौन भूल सकता है! एमर्सन के प्रशंसकों के लिए तो वह मुस्कान एक तरह से वरदान थी। कहते हैं कि धरती पर जो प्रभाव सूर्य-रश्मियों का पड़ता है, वही

आदमी के चेहरे पर मुस्कान का होता है। सूर्य-रश्मियों से जैसे धरती लहलहा उठती है, वैसे ही मुस्कान से चेहरा भर उठता है। इसलिए मुस्कान को 'मुख का इन्द्रधनुष' भी कहा जाता है।

एक आधुनिक लेखक का कथन है, "कुछ लोगों का विचार है कि इस दुनिया में महज़ अंधेरा ही अंधेरा है। कहीं इसमें ठिठुरन है, कहीं धुंध, कहीं कुहरा, और इसमें रहना वैसा ही है जैसे जाड़े की रात में भीगे कम्बल में सोना। **दुनिया में नब्बे प्रतिशत लोग ऐसे हैं जिन्हें धीरज बंधाने और प्रोत्साहन देने की जरूरत है।** माना आपको अवकाश नहीं हैं और आपका काम इतना ज़रूरी है कि आपके पास रुकने और लोगों से बात करने का समय नहीं है, लेकिन फिर भी आप बीसियों—नहीं-नहीं, सम्भवतः सैकड़ों लोगों के सम्पर्क में आते हैं, जिनपर यदि आप चाहें तो सीधा और तात्कालिक प्रभाव डाल सकते हैं। आप पूछेंगे कैसे? आइए हम बताते हैं—अपनी मुख मुद्रा से, अपने व्यवहार से,हाव-भाव से और चाल-ढाल से। चमकते और मुस्कराते हुए चेहरे से बढ़ कर आकर्षक वस्तु दुनिया में और कोई नहीं है। किन्तु मुस्कान हृदय से उठी हुई होनी चाहिए। नीरस मुस्कान किसी को नहीं भाती,जैसे कि बनावटी और खिसियानी हंसी।चेहरे की रौनक सरस मुस्कान से ही बढ़ती है। **सहज और स्वाभाविक मुस्कान, जो मन की ऊंची और पवित्र भावनाओं की ओर इंगित करती हो, एक प्रकार का वरदान है।** आप कह सकते हैं, 'मेरा चेहरा कठोर है और उसमें कान्ति का अभाव है—मेरी मुख-मुद्रा में मेरी हार्दिक भावनाएं ठीक से प्रतिबिम्बित नहीं हो पातीं।' आपके इस कथन पर हमें कदापि विश्वास नहीं। आत्मा की पवित्रता और सदाशयता इतने ठोस तत्त्व हैं कि आंख के किसी कोर से छलक न जाएं,अथवा अधरों के इस या उस छोर से वे फूट न पड़े-ऐसा नहीं हो सकता! **अपने चेहरे के हाव-भाव में उस स्रष्टा के प्रति कृतज्ञता और मानव-मात्र के प्रति दयालुता की भावनाएं रखिए—और आप देखेंगे कि आप इस तरह से मानव-जाति का पथ-प्रदर्शन कर रहे हैं और जिस मार्ग या गली से आप गुज़रेंगे, अपने पीछे एक संदेश, एक प्रेरणा छोड़ जाएंगे—ऐसा संदेश जिसे आपके सम्पर्क में आने वाला हर आदमी सुनेगा, ऐसी प्रेरणा जो अन्य उपदेशकों के उपदेशों की अपेक्षा अधिक प्रभावोत्पादक होगी,** क्योंकि यह अनवरत होगा,और तबतक चलती रहेगी जब तक कि आप,और शायद उसके बाद भी। यह जो आपको यहां-वहां शोककुल, मनहूस-से चेहरे देखने को मिलते हैं, इसका कारण है लोगों की नासमझी, बात-बेबात बिगड़ना और मानसिक नियंत्रण खो बैठना। इस तरह से लोग-बाग

खाहमखाह अपने चेहरे बिगाड़ बैठते हैं। मनहूसियत को वे स्वयं न्योता देते हैं। यदि आप अपने चेहरे पर रौनक लौटती देखना चाहते हैं तो उसका सीधा-सच्चा उपाय यह है कि आप अपना स्वभाव बदलिए। अपने दुर्गुणों को दूर कीजिए। चेहरे की सुन्दरता के आकर्षक होने के लिए सिर्फ नैन-नक्शों का ही अच्छा होना ज़रूरी नहीं, और भी बहुत-सी बातें हैं। हम ऐसे बहुत-से व्यक्तियों को जानते हैं जिनकी भौहें भोंड़ी हैं, आंखें भेंगी,नासापुट बेहूदा ढ़ग से फैले हुए और होंठ बेतरह इधर-उधर लटके हुए। किन्तु इस पर भी हम उनका सम्मान करते हैं। उनकी ओर प्यार तथा श्रद्धा से देखते हैं। हमें उनके चेहरे देवताओं के से दिव्य लगते हैं।

प्रतिष्ठित लेखक एन.पी.विलिस उसी बात को अपनी शैली में,और बड़ी अच्छी शैली में कहते हैं, "धन्य हैं वे,जो आनन्द और उल्लास बिखेरते हैं।" "यही कारण है कि दुनिया नन्हे-मुन्ने बच्चों को प्यार करती है,क्योंकि वे उमंग में नाचते हुए, उत्साह से उफनते हुए और कोई उलटा-सीधा गाना गुनगुनाते हुए हर समय धमाचौकड़ी मचाने को सन्नद्ध रहते हैं।"

"हमें अपने बचपन के वे दिन कैसे याद हैं,जब हम भी हंसा करते थे—गुनगुनाया करते थे। बाद के बरसों में भी हमने बहुत-से घरों में किलकारियां मारते बच्चों को देखा होगा। ऐसे दृश्य क्या हम कभी भूलते हैं! दुनिया में अब भी प्रसन्नता का देवता,यदि कोई है,तो वह बच्चे हैं—आपके घरों में खेलते हुए,चहकते हुए और हंसी की फुलझड़ियां छोड़ते हुए बच्चे!

"आइए, फिर हम भी उस अनिर्वचनीय आनन्द से क्यों वंचित रहें,क्योंकि आखिर हम भी तो बच्चे हैं—अमरत्व की सन्तान। दुनिया के सुख-दुःख से ऊपर उठकर हम भी ज़िन्दगी को ज़िन्दादिली से जिएं-ऐसी ज़िन्दगी जो दुनिया को कुछ दे जाए अपने पीछे एक संदेश छोड़ जाए। धरती पर जहां भी हम रहें,जहां भी हम जाएं वहां मधुरता की बरखा हो जाए, एक प्रकाश-सा बिखर जाए—प्रकाश उस अनदेखी दुनिया का,स्वर्ग कहते हैं जिसे। हमने स्वर्ग के सौन्दर्य का एक अंश भी इस धरती पर बिखेर दिया,तो हमारा जीवन सार्थक हो जाएगा।"

ज़िन्दादिली और प्रफुल्लता की शक्ति धन-दौलत से कहीं अधिक है और मणि-मणिक उसके आगे हेय हैं, तुच्छ हैं। यह वह पराग हैं, यह वह सौरभ है जो वातावरण को नन्दन-कानन की तरह महका देता है।

आइए, आज हम सब मिलकर प्रण करें कि हम दुःख या सुख में हर मूल्य पर प्रफुल्ल रहेंगे, ज़िन्दादिल रहेंगे,क्योंकि सदा प्रफुल्ल रहने की भावना एक वरदान है—एक दैवी वरदान!

• • •